父皇萬萬睡
萬萬睡
繪者・黑色豆腐
羽宸寰
U0027587

CONTENTS

楔子

城南

以天然高崗為屏障築起的主陣地足足二十餘里，左右二翼再向東西兩方延伸五里，至清河之東，至倉河之西，左翼為虛右翼為實地包夾北虞，然而敵方不知有詐，依舊指揮全軍猛攻城南以西。

城南，冬山國與北虞的交界之地。

冬山國國君怯懦，每每北虞犯境不是派遣公主和親便是送上錢糧布帛，只求保住帝位與權勢，繼續在皇宮內淫靡度日。滿朝文武無不憤慨，然主戰之人的頭顱尚掛在皇城四處的入口，又有誰敢以命直諫？

唯有一人主動請纓，領了虎符與十萬兵士直奔前線力抗敵軍，不僅將北虞國的主力軍誘騙出兵，遠離玄古關隘十二餘里，更以三千急行軍從倉河避日夜行襲擊玄古關隘，將敵方陣線硬生生截成兩段，前方主力頓失屏障，留守在關隘後方負責供給糧草輜重的士兵亦不敢前去增援。

八日後，由清河繞道攻擊的右翼之軍再將北虞國的主力圍困在城南之地，浩蕩而來的三十萬大軍猶如被分切頭尾的大魚，只剩下被烹殺的命運。之後的四十六天，冬山國的軍隊嚴守不出，任憑敵軍箭矢毀損戰馬食盡，甚至斬殺傷殘的同袍，血為飲，肉為食，宛若煉獄。

第四十七日，北虞將領最後一回整軍突圍卻仍以失敗告終，被冬山國的將軍親手斬殺，全身上下八十餘箭，一代英豪落得面目全非體無完膚的下場，餘下士兵盡皆餓殍傷病只能棄甲投降。

成為降兵的他們在餓了數日後終逃死劫，喝著敵軍將領賜給他們的酒，吃著賜給他們的肉，痛哭感恩將軍的大肚與仁慈，卻在隔夜子時在既無器械又無防備的情況被下令誅殺。

二十萬人一夜俱盡，流血成川哀若雷鳴，滲入清河的鮮血將河水染成一片丹紅，於是清河之水不再清澈，附近的人都改叫它「丹水」。堆疊在玄古關隘的屍首，卻諷刺地將原本寸草不生的荒地富饒成肥沃的田壤，種出的莊稼總比其他田地收穫數倍，百餘年後依舊養活附近的百姓。

三十萬大軍魂歸陰曹，消息傳回北虞國後，子哭其父，父哭其子；兄哭其弟，弟哭其兄；祖哭其孫，妻哭其夫，沿街滿市嚎痛之聲不絕。

領將屠戮的將軍卻一戰成名，之後三年不但平息冬山國三十餘年的數方外患，更帶兵攻入皇城斬下昏君的頭顱自立為王，改名「常韶」。

此後歷經四代聖君百年太平，當年的將軍，便是創建常韶國的太祖——皇甫擎。

城南一戰，也從血淋淋的戰役，逐漸成為口耳相傳的傳說。

◎ ◎ ◎

一百三十年後，茶館

「客官客官，瞧您面有倦色，與其負重前行不如來裡面喝幾杯茶聽幾回說書，等歇息夠了再趕路也不遲，您說是吧？」

站在茶館外的店小二舔著被烈日灼得發乾的嘴唇，努力留住從門口經過的商販。

被攔住的人有些心動，看了眼立在門口的板子，問：「今兒個說的是什麼？」

店小二立馬側過身子指著板子上的三個大字，右手用力一拍胸膛，大聲喝道：「戰、城、南！」

「戰城南？」

「沒錯！今兒個說的就是太祖爺鐵騎雄兵力抗北虞國的事，有道是梟騎戰鬥死，駑馬徘徊鳴，當真壯烈、壯烈、壯烈啊！」

店小二緊握拳頭滿目淚光，彷彿自己也曾參與那以寡擊眾的絕世戰役，雖說大字不識得幾個，卻模仿說書先生的口氣將那『戰城南』中最精采的一幕描繪得淋漓盡致，讓停下腳步的客商也跟著情緒激昂，一拍大腿，道。

「好！我就來聽聽你們的『戰城南』。」

「好哩，請請請，客官裡面請。」

小二哥的表情變得飛快，方才還一臉熱血激昂，頃刻間便換上招呼客人的模樣領著對方走進茶館，擦拭桌子拉開凳子，端來小菜再沏上名為透天香的清茶，把客人伺候得妥妥貼貼。

茶館外，一名男子身穿竹青色常服，常服外套著淨白色的罩衫，在烈日當頭的酷夏正午顯得十分涼爽。

男子停在茶館前搧著扇子，看著木板上用墨筆書寫的三個大字舔了舔嘴，甩手一揮收起扇面，挑眉低語：「就這兒了！」

說完，踏上石階跨過門檻，走進飄著小食和茶香的茶館，在說書人的如簧巧舌下，隨著抑揚頓挫的說書聲和醒木拍在桌案的巨響，做一回梟騎戰鬥死，駑馬徘徊鳴，以戰止戰以寡敵眾的英雄大夢。

第一章　常韶太平

「精采！真是精采！唉唷喂，痛痛痛痛痛……」

一身竹青色常服的男子坐在麵攤椅子，想起方才的話本，不自覺地用扇柄一敲大腿，本想仿效說書人說起世祖爺無畏軍力懸殊拚死相抗時，將醒木重拍於案的凜凜氣勢，無奈一身細皮嫩肉嬌貴得很，才剛使勁兒敲下，無辜遭罪的右腿便傳來讓他齜牙咧嘴的疼。

「唉，若能生在外邦進犯、民不聊生的世代該有多好。」

男子隔著衣褲搓揉被扇柄敲疼的大腿，自怨自艾地說著，沒想到這話被麵攤東家聽見，把端來的油潑辣子麵放在桌上後，插嘴說道。

「客官您說笑吧？能活在太平盛世可是老百姓的福氣，您瞧瞧咱們常韶國已有十年沒饑荒八年沒水患，四方平和外邦朝貢，這可全是皇帝陛下的德政，您怎麼反倒羨慕起那烽煙四起的亂世？」

「哈，我說笑，說笑罷了，啊哈哈哈哈。」

那人露出尷尬的表情，用笑聲回應東家的話。

「原來是這樣，您的麵來了，客官快趁熱吃吧！」

賣麵營生的中年人笑著點了點頭，剛要轉身離開，卻被那青衣男子叫住。

「等等！」

「客官還有吩咐？」

「我沒叫這個啊！」

男子指著桌面上多出一盤的燒豆腐，納悶。

「那是小店送給客官們品嘗的。」

「送？我瞧您生意挺好的，若是每個來這兒吃麵的人您都送上一盤，豈不虧本？」

老闆笑著擺擺手，解釋：「家裡的田地長了太多豆子爛了也是可惜，便磨了豆汁來做豆腐，反正也不值幾個錢，就當是回饋客官們的一點心意。」

男子嘴角抽搐，勉強扯出一絲笑容回應：「原來如此。」

「客官您慢用，小的去忙了。」

「去吧。」

青衣人瞪著那碟燒豆腐，把牙磨得喀喀作響，用只有自個兒能聽見的聲音不滿地說。

「沒饑荒沒水患沒戰爭沒外患就罷了，竟然還豐收到得另外花銀子擴建糧倉，老天爺，您這分明是想氣死朕吶！」

於是黑著臉吃完油潑辣子麵和燒豆腐，留下幾枚銅錢後，氣呼呼地離開天色漸沉的大街。

◎ ◎ ◎

韶，乃鳳凰來儀；常韶，則有希冀永世太平之意。

歷經太祖創建、世祖平叛、德宗弘風設教，政成人立，如今的常韶國不僅穰穰滿家糧食滿倉，更是塗歌里詠百姓歡樂。

繁榮之景就像把史冊上最興盛的朝代都恩賜給了如今的常韶國，太平到不能再太平、盛世到不能再盛世。是以如今的皇帝雖然才年方十五，卻已被職司天象的太史令請命上奏，破格封了「豐帝」的尊號。

「豐帝豐帝，你才豐帝，你全家老小都是豐帝。」

紫宸殿內，皇甫檀闔起奏摺，啪地扔向大殿的青磚，鼓著腮幫子氣呼呼地罵道。

站在殿上的寺人高博，走下臺階拾起竹簡，把竹簡放回桌案，陪著笑臉對半個月前才剛過十五歲生辰的皇帝，道：「主子別生氣，若有什麼不痛快的就和奴才說道說道，否則憋出病來太后可是要責罰奴才的。」

皇甫檀板著臉，瞪著從兩歲起便貼身伺候自己的內官：「高博，朕問你，身為一國之君，是否應該建功立業、安邦定國？」

「是呀。」

「是否該消弭黨爭、抵禦外侮？」

「沒錯呀。」

「是否該讓老百姓們吃飽穿暖，莊稼豐收免去繇役重稅？」

「主子啊，您到底想說什麼？」

磅！

身穿龍袍的皇帝拍案起身，一腳踩在龍椅上勃然大怒。

「這！就是最大的問題！」

「啊？」高博張大嘴巴瞅著情緒激動的皇帝陛下，如墮十里霧。

「笨！」皇甫檀斜了高博一眼，說：「你瞧瞧朕的曾爺爺、祖爺爺、爺爺，還有朕的爹……喔不，是朕的父皇，他們將身為一國之君該做到的事兒通通做完了，不但做完還留下一群能力超強的臣子，把常詔國上上下下裡裡外外打理得風調雨順國泰民安。」

「呃……主子，這不好嗎？」

「當然不好！」皇甫檀收回踩在龍椅上的左腿，揉揉有些痠疼的小腿肚，繼續說道：「既然朕的祖宗們把身為皇帝該辦的事情都辦乾淨了，那朕做這個皇帝豈不是很沒滋味？」

高博一副快要昏倒的模樣，抽搐嘴角問：「主子啊，史書上的帝王巴不得有您眼前的太平盛世，甚至許多國君拚搏大半輩子尚無您一半功蹟，結果您居然說這叫、叫沒滋味？」

若非眼前的人是他從小伺候的主子，是常詔國的真龍天子，他絕對把對方踹出紫宸殿，讓他狠狠滾完殿外九九八十一級的石砌臺階。

「所以朕決定了。」

皇甫檀緊握拳頭，目光灼灼看著身旁金碧輝煌的龍椅。

高博背脊一寒，打了個冷顫，問：「主子您、您決定什麼了？」

「朕決定要破而後立，先把朝廷攪個天翻地覆，再來扶邦國於危難，救人民於水火。」

「咦？」

「笨！就是朕要先當個徹徹底底的昏君，然後再建立屬於朕的豐功偉業，就像朕的曾爺爺、祖爺爺、爺爺，還有朕的爹……喔不，是朕的父皇一樣，哈哈哈哈哈。」

「……」

高博眼前一黑，咕咚一聲暈倒在大殿的青磚上。

◎ ◎ ◎

翌日

紫宸殿內，持笏臨朝的臣子在大殿之上議論各地官員上陳的奏疏，皇甫檀則穿著朝服坐在龍椅上，無聊地打著呵欠。

「呼哈……」

「主子渴不渴？」

昨天才在大殿上暈倒的高博，盡職服侍著常韶國的君王。

「渴。」

「想喝茶？烏梅汁？還是給您呈上冰碗，裝您最愛的葡萄汁？」

「葡萄汁。」

聽見有自己最喜歡的葡萄汁，原本要黏到一塊兒的眼皮子瞬間抖擻了精神，喝完高博端來的冰碗後，皇甫檀覺得有些睏，沒一會兒的功夫便在臣子們的議論聲中闔上眼皮小憩片刻。半個時辰後，打呵欠醒來的皇甫檀只見殿上一片安靜，臣子們早議完了政事，只等他下令散朝。

皇甫檀咳嗽幾聲，尷尬開口：「咳咳，眾卿家還有何事上奏？倘若無事，那便——」

拉長的聲音透著幾許無奈。

唉，真不是他想偷懶，而是臣子議論的事情，無論量地計丁還是白銀流通、隨糧帶徵抑或整軍治兵，他一概不懂。

秉持著既然不懂就別添亂的道理，便全權交給大臣們處理，所謂疑人不用用人不疑的道理他還是明白的，只不過皇甫檀的話還沒說完，立於右側的丞相楚維便步至大殿中央，開口道。

「陛下，臣此番重新考察官員政績，已呈上升遷與貶斥的名單，關於菈州八郡十七縣的渠道整治需徵調人力一千餘人之事，也讓地方官羅列細目，還請陛下用印頒詔。」

「丞相所奏之事，朕都准了。」

「陛下對臣的做法可還滿意？」

「滿意滿意，朕甚滿意。」

坐在龍椅上的人百般無聊地以指尖輕扣桌案，說著忽然想起一事，慵懶的眼神瞬間明亮起來，於是看著站在殿上的七旬老臣，搓著雙手激動說道。

「楚相，您既是替朕開蒙教席的太傅又如此勤勉政務，不如朕把帝位禪讓予你，如此一來太傅便無需事事待朕批准，豈不更有利於政策實施？有利繁榮民生？」

「陛、下！」

沒想到話剛說完，楚維便撲通一聲跪在紫宸殿上，痛心疾首老淚縱橫。

「陛下！」

其餘臣子亦紛紛下跪，面色惶恐涕泗滿臉，若叫不知情的人從殿外走過，怕是以為常紹國的皇帝突然駕崩，否則商議政事的紫宸殿怎會哭聲一片，像個縞冠素衣的靈堂。

楚維跪在通往龍椅的九級臺階前，揚聲嘶吼：「陛下，臣忝為四朝元老，不知哪裡做錯讓陛下口出禪讓之言，老臣對不住太祖、對不住世祖、對不住德宗、對不住太后託付、對不住朝中同僚、對不住天下百姓，今日起老臣便告老還鄉，解權還朝。

來人！將那十車奏疏都送去陛下寢宮，望陛下焚膏繼晷批閱奏摺，莫要辜負先皇、先先皇、先先先皇創立的巍峨江山啊！」

「十、十車？」

皇甫檀嚇得張大嘴巴，他不過隨口一提，怎麼就被扔來十牛車的奏疏？

「等等！」

就在七旬老臣、四代元老，布滿皺紋的雙手顫抖，解開繫於下顎的帽帶，打算脫下官帽，以示告老歸鄉的心意時，年輕的君王當場從龍椅上跳了起來，奔下九級臺階衝到丞相面前，彎腰托著老臣的雙手想將他從地上扶起。

「嗚嗚，太傅……太傅……朕知道錯了，朕真的知道錯了，您可別扔下朕，更別扔下那日日都能塞滿十幾輛牛車的奏疏，嗚……」

楚維慈祥看著他唯一的學生，淌著滾滾熱淚問：「那陛下還要老臣主持朝政嗎？」

「要。」

「陛下不會再說出禪位之言了？」

「不說了不說了。」

「陛下方才在議事時足足睡了半個時辰，回頭請陛下將《太祖治國策》、《世祖治國策》、《德宗治國策》全部抄寫三遍。」

「能不能……不抄太爺爺的治國策？」

嗚嗚，太祖太爺爺的文章最是囉嗦，整整比爺爺和父皇的治國策多了一倍有餘。

「不能。」

「喔……」

七旬老者捏著朝服的袖子替皇甫檀擦去眼淚，又替自己擦去眼淚，然後將帽帶重新繫於頸間，一邊起身一邊對著站在面前的皇帝微笑說道。

「陛下可以退朝了。」

皇甫檀點點頭，擤了擤鼻子後對著一班臣子開口：「眾卿家都累了，退朝。」

「退、朝！」

列於紫宸殿內外的侍衛和內侍，齊聲傳遞國君的旨意。

「臣等恭送陛下。」

前一刻還哭聲震天的文武大臣，下一刻竟也飛快收起淚水，對著緩步離去的皇帝叩頭跪拜。

第二章　將軍和親

荷華殿

取自詩經「山有扶蘇，隰有荷華」的荷華殿，殿外有一露臺立於湖面，湖面養著朵朵白蓮，夏季花開時分清風徐來沁著花香，著實令人沉醉。

今日荷華殿上燭火通明，皇甫檀面於南方端坐於帝座，在象徵四方祥和的《韶和樂》中接見北虞國國王。

侍衛通傳之聲連疊傳來，身材魁梧穿著北虞服飾，將一頭黑髮綁成辮子束於腦後的男子大步走進殿內，胸前掛著大串綠色瑪瑙串成的鍊子，隨著豪邁的腳步發出清脆的聲響。

「北虞國國王喀爾丹，拜見皇帝陛下。」

年約三十的男子見了皇甫檀並不下跪，而是右手輕貼左胸，依循北虞的禮數對常韶國的皇帝行了兄弟之邦的禮儀。

「北虞王客氣，賜坐。」

「多謝陛下。」

喀爾丹才剛落座，就察覺有一道視線釘在身上，才剛抬頭便瞧見對坐處一名男子直勾勾地瞧著自己，於是耳朵一熱，迅速移開視線不敢和那人對視，甚至執起酒盞假裝享用美酒。

「呵。」

身著武將官服的男子收回凝視北虞王的目光，彎起嘴角邪魅淺笑，一來一往的眼神被御座上的皇甫檀逮個正著，顫抖身體打了個哆嗦，道。

「我的老天。」

站在一旁伺候的高博，問著臉色不好的皇帝陛下：「主子怎麼了？」

「瞧瞧畢修遠臉上的表情。」

從龍袍下伸出的手指悄悄指向右側座席上的鎮遠將軍，高博的眼睛也跟著往大將軍那兒一瞧，卻是納悶。

「大將軍的表情哪不對了？」

皇甫檀白了眼沒啥眼力勁兒的內官，縮了縮脖子：「只要那傢伙一露出這種表情，就表示有人要倒楣，且還是大大地倒楣。」

「原來如此，奴才受教了。」

「那當然，這可是朕被畢修遠欺負了十幾年才總結出來的心得。」

「陛下英明。」

「好說好說，也不知這次的倒楣鬼是誰，只要不是朕，朕就謝天謝地謝祖宗了。」

「為君不易，陛下辛苦了。」

「唉，你明白就好。」

御座上，一主一僕雙雙感慨。

御座下，酒過三巡後依禮制進上飯案，案上帶骨之肉置左，無骨之肉置右，乃因骨剛為陽，無骨為陰，依據陰陽之理擺放菜餚。以刨絲金橙和白鱸做成的「金齏玉膾」，因時值冬季陽氣下沉，最鮮美的部位便是魚腹，故將魚腹朝向用膳之人，顯示對來客的敬重。

金黃的橙皮、淡紫的香柔花花穗，襯著嫩白的魚肉，以箸挾肉花香撲鼻，繼以魚肉滑嫩口感，入口後金橙芬芳散入鼻腔，方為一道完整的「金齏玉膾」。

待賓客均已用完膳食，撤去飯案再次行酒時，皇甫檀酡紅著臉，舉起酒盞對喀爾丹道：「北虞王，朕敬你，敬你為天下太平願與我朝締結兄弟之邦。依禮制，朕該在飲宴結束後贈你重禮，卻不知北虞王想要什麼，不如這樣，但凡常韶國有的，朕都允你，如何？」

坐於左側的喀爾丹聽聞此言，目光往荷華殿上的某人快速掃過後，問：「陛下此言當真？」

「自然當真。」

「那麼喀爾丹想請陛下賜婚。」

「行啊，無論你喜歡誰朕都允准。」

已有六、七分醉的皇甫檀，睜大眼睛瞅著坐於下席的北虞王，興奮回答。不知哪家姑娘竟被一國之王看上，此番議和如此順利，說不定是因為北虞王早有和親之意，嘿嘿嘿，嘿嘿嘿。

「主子，主子。」

「什麼？」

高博彎下腰，低聲提醒嘴角已經咧到耳根的皇帝陛下：「體統，體統。」

「喔對，咳咳，咳咳。」

皇甫檀連忙握起拳頭抵在嘴邊，咳嗽幾聲收起太過激動的表情，卻看見喀爾丹起身走至荷華殿的中央，撩起長袍撲通跪下，抬起手臂指向坐於右側的大將軍畢修遠，開口。

「請陛下把畢將軍賜給喀爾丹。」

「原來是他呀，朕准——」

話才說了一半，御座上的帝王就像被人打了一記悶棍，瞪大眼睛張大嘴巴，轉頭看向依舊舉杯飲酒的男子。

「等等，你要朕賜婚的人是畢、畢修遠？」

這下不只皇甫檀懵了，連同殿內一干文臣武將也交頭接耳議論紛紛。

北虞王耳根通紅跪在眾人的目光下，語氣堅定地說：「沒錯，本王想要的人，就是陛下的鎮遠大將軍，畢修遠。」

「哇噢。」

皇甫檀像個三姑六婆般發出看好戲的讚嘆，彎起眉毛、彎起眼尾、彎起嘴角，賊兮兮地看著他的同窗兼玩伴，捂著胸口假裝痛心疾首地說。

「畢將軍，朕為黎民百姓天下太平，只能將你賜婚給北虞王。不過朕也知道以男子之身為人妻室於你而言實乃奇恥大辱，來日若舉兵造反逼宮皇城，那也是朕先辜負於你——朕，等你來一雪恥辱。」

喔耶！他總算能實現被人兵臨城下的願望了。

哇哈哈！哇哈哈！哇哈哈哈哈哈！

坐於右側的畢修遠抬眉瞧了眼皇帝臉上沒在遮掩的喜悅，自三歲起就是太子伴讀的他，哪會不清楚皇甫檀在打什麼鬼主意。於是冷冷一笑，放下酒盞起身走向北虞王，跪在喀爾丹的身側，執起他的手，瞇起眼眸看著一身外族服飾的男子，提出條件——

「臣願為黎民百姓天下太平，嫁予北虞國為后，但——只能為后。」

「當然當然，本王自從……便只屬意以你為后。」北虞王越說臉頰越紅，說到後來甚至羞澀地垂下頭，不敢去看對方俊美的容顏。

「好，我嫁你為后。」

「修遠……」喀爾丹低著頭，小小聲地說出愛慕之人的名字。

磅！

飄著曖昧情愫的荷華殿上，突然發出桌案被重擊的聲音，眾人紛紛轉頭看向發出聲響的御座，只見皇甫檀拍案起身，對著大將軍怒斥。

「朕反對！」

畢修遠勾起嘴角，淡淡說道：「陛下方才不是說為了黎民百姓天下太平，只能將臣賜婚給北虞王？兩國和親可非兒戲，陛下若是出爾反爾，屆時楚相讓人抬去紫宸殿的奏章，可就不只十輛牛車。」

皇甫檀咬著嘴脣，瞪著打小一塊兒長大的玩伴……

你、你威脅朕！

就威脅，誰讓你說話不經腦子，想用區區和親讓臣舉兵造反，沒門。

嗚嗚，朕要跟太后告狀，說你欺負朕。

去啊，那麼臣幫陛下代為抄寫的《太祖治國策》請恕臣不能完成。

畢修遠，你！你你你！

「……」

一君一臣你瞪我、我瞪你，無視其他人的存在忙著用眼神打架。

最後，皇甫檀抬起拍桌子拍得發疼的雙手，鐵青著臉表情挫敗地坐回御座，嘆氣。

「也罷，和親之事，朕准了。」

「喀爾丹謝陛下賜婚。」

「臣畢修遠，謝陛下賜婚。」

跪在殿上的北虞王欣喜若狂，與即將成為北虞王后的畢修遠一同叩謝皇恩。

「恭賀北虞王，恭賀大將軍。」

「恭賀北虞王，恭賀大將軍。」

荷華殿上響起祝賀之聲，常詔國向來民風豪放，男子嫁予男子、女子迎娶女子時有耳聞，雖說將男子遠送外邦和親尚無前例，但既然北虞王和大將軍的聯姻有利兩境交好，倒也是美事一樁。

「……」

平身後，畢修遠看著握住自己的那隻手，那隻從方才就冒著冷汗不停顫抖的手，抿脣淺笑。

◎　◎　◎

隔日

「可惡可惡可惡！唉喲，疼疼疼。」

皇甫檀站在只剩枯葉的荷花池前，把腳邊的石子一個個踢入水中，沒踢幾下就曲起膝蓋捂著足尖喊疼，嚇得站在旁邊的高博立刻把他攙去附近的涼亭，脫去鞋襪，看著主子除去鞋襪後有些泛紅的腳趾，轉頭對著涼亭外的年輕寺人斥道。

「還愣著做啥？快傳太醫。」

「是的師傅。」

皇甫檀阻止準備跑去找太醫的小內官，皺起眉頭：「回來！不過是磕了腳趾，別動不動就傳太醫，還當朕是三歲娃娃啊？」

「可是……」

「朕沒事兒，就是有點疼，不如你說說皇城內出了什麼新的話本，讓朕解悶。」

唉，這幾天忙著抄寫列祖列宗的治國策，都沒時間溜去城內聽聽說書吃吃小食，憋死他了。

高博想了想，揚眉道：「永清茶館昨日推出一齣前朝后妃的話本，陛下可有興趣？」

「有有有，快說給朕聽。」

內官總領清嗓幾聲，便將那後宮爭鬥禍亂朝綱的故事，說得抑揚頓挫精采至極，只不過說著，赤腳坐在涼亭裡的人卻聽出別的趣味，尤其講到前朝嬪妃扶持自己的皇子謀權篡位時，皇甫檀一拍大腿，猛地站了起來。

「真是的，朕怎麼就忘了還有這招？」

「主子？」

高博瞅著喜不自勝的皇帝陛下，一頭霧水，皇甫檀也不穿上襪套，便赤腳踏著履舄，樂呵呵地直奔太后所在的九州殿。

◎ ◎ ◎

九州殿

取自「永清四海，長帝九州」之意的九州殿，乃太后柳蒲霜的宮殿。

現今的太后並非皇帝生母，而是養母。

先帝德宗在世時，僅一后一妃二嬪四世婦，與生下太子皇甫檀的皇后更是鶼鰈情深，比尋常夫妻還要恩愛。

柳蒲霜本名柳棄，因貧而賣身為奴，成為官家女子的貼身侍女，其後入宮為后的太常令之女梵如雪，便是她的主子。

先皇后一入宮後，皇帝眼中便再無其他女子，不僅削減後宮，更廢除三年一輪采選女子入宮的「采揀令」，獨寵梵如雪一人。

可惜好景不長，先皇后誕下皇甫檀後便日漸衰弱，無論太醫如何救治都回天乏術。在皇甫檀出生後的第九十九個晚上，梵如雪握著先皇和柳蒲霜的手，將她唯一卻也無緣養育的孩子託付給自己的貼身女官，說完後闔上雙眼，連孩子足歲後的那聲「母后」都沒能聽見，便離開人世。

之後，柳蒲霜被立「賢妃」，以養母身分將皇甫檀扶養長大，直至他五歲那年被封太子，才不再婉拒先帝的寵幸，並在隔年生下二皇子皇甫熠。

「母后。」

喜悅的聲音比說話的人早一步傳入簡樸雅致的九州殿內，本該只是太妃，卻因先皇遺詔晉封為后的柳蒲霜，看著大步跑來的孩子，搖了搖頭。

「陛下，注意體統。」

皇甫檀才不管那些，仍像小時候一樣挽著婦人的手，親暱撒嬌：「母后說過只要沒有外人，朕就只是母后的孩兒，兒子見了母親高興，還要體統做什麼。」

柳蒲霜用指尖戳了戳兒子的眉心，嘆氣：「你呀！總是沒完沒了的歪理。」

「嘿嘿。」

「差不多是晚膳的時辰，今晚就在九州殿用膳吧！」

「好呀，我要桂花松魚，還要吃母后做的小豆涼糕。」

太后捏著兒子的臉頰，寵溺微笑：「行，都依你。」

晚膳時，皇甫檀假意說起永清茶館的最新話本，又是眨眼又是暗示，眨得眼皮都痠了，太后仍像什麼也沒聽懂似地只顧著替他布菜添飯，最後皇甫檀實在受不了，索性把話挑明了講。

「太后您幽居深宮，不是誦經念佛就是布施窮苦人家，這日子也忒無聊了，不如聯合外臣來垂簾聽政，如此一來朕也能輕鬆些。或者您讓小熠來篡位也行，否則朕從小到大什麼後宮爭鬥、兄弟鬩牆都沒經歷，豈不白坐了這皇帝的寶座？」

太后聽完這一長串的話後也不生氣，幽幽地嘆了口氣後，起身走進內殿，再回來時，懷裡抱著刻有先皇和先皇后名諱的牌位，和一條三尺白綾。接著踏上置於桌邊的矮凳，拋出白綾掛上九州殿的殿內大梁，動作之熟練、拋接之精準，絕非一朝一夕可以練成。

柳蒲霜對著先皇和先皇后的牌位，噙著哭音說：「姊姊待我如同親人，從不因我身分卑微而輕賤於我，臨終前還將您未睜眼的孩兒託付給我，先皇於臣妾亦是珍惜與敬重，是我沒把檀兒教好，讓他說出如此荒唐之言。蒲霜對不起姊姊、對不起先皇、對不起列祖列宗、對不起滿朝文武、對不起常韶國的黎民百姓，唯有以死謝罪，方能報答姊姊與先皇的託孤之責。

檀兒，母親要去向你的生母和父皇謝罪，母親會在遙遠的地方日日祝禱，祈求你成為英明賢能的帝王。」

婦人聲淚俱下，眼看就要踢開矮凳把脖子掛在白綾之上，皇甫檀嚇得臉色鐵青，手忙腳亂抱住太后，著急哭喊。

「嗚嗚，朕錯了，母后別扔下朕，別扔下朕啊，嗚……」

太后淚流滿面，溫柔撫摸皇帝的臉頰，說：「陛下可以和哀家保證，以後絕不再提垂簾聽政和篡位之事嗎？」

「嗚嗚，朕保證！朕真的保證！」

「好孩子，母后信你。」

「嗚嗚，母后妳快下來。」

「好。」

柳蒲霜被兒子攙扶著走下矮凳，腳尖才剛沾地便已收起淚水，對著站在桌邊伺候的宮女吩咐：「齊嬤嬤，去把哀家親手抄寫的十卷佛經取來。」

「奴才遵命。」

這句話一說完皇甫檀就癟著嘴，可憐兮兮地看著太后：「母、母后……嗚……」

糟！

母親是真的動怒了！

「檀兒口出譫妄之言，是哀家的錯，自今夜起就由齊嬤嬤監督陛下抄寫佛經。檀兒乖，十卷佛經不過抄寫三個月，正好趕上明年開春祭典焚予列祖列宗，求他們保佑吾兒身體康健，常詔國國泰民安。」

「可朕還有太傅的治國策沒抄完，母后……」

再次被罰抄書的人，扯著母親的袖子眼淚汪汪使出哀兵政策。

「沒事兒，只要不出宮玩、每日少睡兩個時辰、在朝臣們議事時也趕工抄寫，母后保證一定能在明年的祭典前完成。還是檀兒有心禮佛，想抄佛經二十卷？」

「二、二十？」皇甫檀瞪大眼睛，連連搖頭：「不不不，朕這就回宮抄寫佛經，母后安康，兒子告退！」

少年皇帝扔下這句話後，冒著冷汗轉身逃出恐怖的九州殿。

九州殿內，太后彎起嘴角，對著站在身側的齊嬤嬤微笑：「瞧瞧我這傻兒子，不是想經歷後宮爭鬥嗎？抄寫經書正是嬪妃們宮鬥的起手式哪，呵呵。」

「太后……」

齊嬤嬤看著撒腿狂奔的背影，露出同情的表情苦笑。

◎　◎　◎

三日後

「喲，皇兄又抄書啊？」

自獵場歸來的男子一身戎服，將握在手中的弓箭交予殿外侍衛，跨過門檻走進做為書房的宣室，沒想到剛跨過內殿的門檻，便瞧見忙著抄寫佛經和治國策的皇帝陛下。

「哼！」

皇甫檀抬頭瞧了眼一塊兒長大的人，不悅地哼了哼。

城武王爺聳聳肩膀，諷刺說道：「你哼我做什麼？腦子犯病去九州殿慫恿母后謀權篡位後宮爭鬥的又不是我。」

「……」

被罰抄書的人擱下毛筆，甩甩痠疼的手臂，用委屈巴巴的眼神看著對方。

「行行行，別用那眼神瞅我，我幫你便是。」

皇甫熠拉了把椅子隔著桌案坐在兄長對面，抽走已經抄了半頁宣紙的《世祖治國策》，再從筆架上取了枝紫檀毛筆，接著對方停筆的部分往下抄寫。

「小熠……」

皇甫檀哽咽地看著弟弟，才剛湧上心口的感動立刻被城武王的下一句話打得煙消雲散。

「記得把『秋霜圍獵圖』給我。」

前朝書畫名家張繼留下的畫作不多，秋霜圍獵圖正是其中最知名的那幅，就連大將軍畢修遠向他討要也捨不得給，卻被城武王爺趁火打劫。

皇帝瞪著坐在眼前的人，氣鼓鼓地說：「奸商。」

「好說好說。」

皇甫熠笑了笑，懸肘提筆蘸墨書寫，皇甫檀看著紙面與自己一般無二的字跡，由衷讚嘆。

「小熠真厲害，就連朕也分不清哪個字是你寫的，哪個是朕寫的。」

「廢話！」城武王翻了個白眼，道：「這本事還不是被你給逼出來的。」

誰讓皇兄成天惹事，一惹事就被太傅或太后罰抄書，捨不得哥哥抄書抄得兩手發抖淚眼汪汪，只好模仿他的筆跡幫忙分擔，長年累月磨練下來，便是他們二人也難分辨哪個字是自己寫的，哪個又是另一人寫的。

皇甫熠一邊抄著《世祖治國策》一邊問：「皇兄你也奇了，別的皇帝巴望不得的太平盛世，到你這兒卻成了想甩掉的狗皮膏藥，要是史書上那些忠臣良將能活過來，絕對把你往死裡打。」

皇兄年方十五便已破格封了「豐帝」的尊號，連戎馬天下的太爺爺都沒這等榮耀，結果這位被百姓歌頌的皇帝陛下卻總希望自己身在亂世。

「你不明白，朕這是為了讓自己名留青史。」

城武王再次翻了記白眼，說：「皇兄你傻啊？一年前你受封『豐帝』的尊號時，就已經載入了史冊。」

「那不一樣。」

「哪不一樣？」

「被封尊號又不是靠朕自個兒的本事，所以朕才要破而後立，闖出屬於朕的太平天下。」

「……」

皇甫檀停下抄寫的動作，瞅著坐在面前的一國之君。

「再說了，身為帝王卻從無宮鬥、從無戰爭、從無黨派之亂，那麼做這個皇帝還有什麼滋味？」

城武王爺端起桌上的茶盞喝茶潤喉，道：「就你這番論調，別說史書上的忠臣良將，就連我也想把你往死裡打。」

沒想到這句話卻讓擱筆歇息的某人靈光一閃，雙手一拍，激動開口。

「小熠，要不你來篡位吧！」

噗！

才剛喝入口中，還來不及嚥下的茶水直接噴上皇帝陛下的俊臉，皇甫熠伸手抹了把臉，瞪著自己的兄長大吼：「你當我傻啊？連你都避之不及的東西，我要來做什麼？」

被噴了滿臉茶水的人一邊捏著袖子抹去臉上的水珠，一邊唸叨：「歷史上哪個王爺不想做皇帝？哪個不想謀權篡位取而代之？就你沒出息。」

「出息既不能吃也不像古玩字畫能供我賞玩，誰想要誰拿去。」說完，捏了捏眉心，擱下茶盞伸手指著太后宮殿的方向，問：「皇甫檀，你是不是真想看見母后吊死在九州殿的橫梁上？」

倘若他有半分造反的念頭，一生忠於先帝，更將先皇后視為恩人的母親，定會以性命表明對常韶國的忠心。

想起不久前母后才掛上大梁的三尺白綾，再瞅瞅案上尚未抄完的十卷佛經，長嘆一聲，放棄說服弟弟奪權篡位的想法。

「算了……當朕沒說過，咱們繼續抄書吧！」

於是重新執起筆桿，和皇甫熠一同抄完整整三大卷的《世祖治國策》，然後看著弟弟捧著高博拿來的「秋霜圍獵圖」，臨走前還摸走一只東郊端硯，樂呵呵地返回城武王府。

第三章　迎后納妃

數月後，九州殿

方從紫宸殿散朝的皇帝，領著寺人手捧雲紋漆盤走進九州殿，將抄寫好的佛經置於案上交予太后。

「陛下辛苦。」太后看著經卷欣慰微笑，轉頭對旁邊的宮女吩咐：「齊嬤嬤，將佛經收好，待祭春大典時焚予列祖列宗。」

皇甫檀看著齊嬤嬤將經書移至內殿後，隔著圓桌坐在對座，見太后正展開畫軸仔細端詳，很是好奇。

「母后可是得了什麼上品，能讓朕瞧瞧嗎？」

母親雖出生寒微卻無師自通繪得一手丹青妙筆，不僅先帝讚許，就連宮內畫師亦自嘆弗如。無論畫院院生的新作抑或流傳民間的名品，皆以得到太后朱筆評點為榮，於是從先帝在位時便特准每雙月月初，無論宮廷畫院抑或民間文士畫工，皆可將畫作送至皇宮南側的「賦彩苑」，由九州殿的宮女轉呈太后，待太后評點後再將畫作送返。而那「賦彩苑」之名，便是取自繪畫六法中「應物象形，隨類賦彩」之意。

柳蒲霜抬頭看著皇帝，頷首微笑：「畫作雖非出自名家之手，但是對於皇兒卻十分重要。」

「對朕？」

「嗯。」

太后將舒開的畫像遞給兒子，皇甫檀才看了眼，臉頰立即紅了起來，趕緊移開視線不敢再看。

「畫上之人乃大司農之女，冉竹，年十八，比陛下年長兩歲。」

「母后……」坐在對座的人，兩頰緋紅輕聲討饒。

柳蒲霜抿脣微笑，道：「陛下今年十六，正是迎娶皇后的年紀，母后挑來選去，覺得大司農冉粟之女才德兼備儀態嫻雅，正是吾兒的良配。」

「母后覺得好……便好……」皇甫檀垂下頭，害羞回應。

「那可不成，皇后是要與陛下相伴的女子，母親希望你能找個喜歡的女孩共度一生。如何？這女孩兒的模樣陛下可還滿意？」

耳根發燙的人羞澀地抬起頭，認真看著畫上的女子，冉竹衣飾簡樸妝容素雅，雖說比不得其他畫像上的官家女兒貴氣耀眼，卻有種恬靜淡然之感。

本想推拒母后的好意，卻突然被一道念頭閃過腦海，於是改口：「朕認為大司農之女，可以為后。」

「那哀家便吩咐太常令著辦六禮。」

「讓母后費心了。」

「檀兒啊！」柳蒲霜喚著皇上的乳名，起身走到皇甫檀身邊，和從前一樣將他摟入懷中，露出慈祥的笑容：「成婚後早點生個小皇孫，也好讓先皇后在天之靈得以安心。」

「兒子明白。」

皇甫檀通紅著臉，點頭回應。

永延殿外，才在九州殿用過晚膳的年輕君王，剛走下步輦便揮退左右近侍，就連本該入內伺候的高博也被留在殿外。

親自關上寢宮殿門的人轉頭張望四周，直到確定永延殿內沒有第二個人後，這才握緊拳頭雙目含淚，仰起頭對著空蕩蕩的殿內激動大喊。

「老天爺，朕終於！終於等到了！」

不是都說女人多的地方是非也多嗎？

既然宮闈內鬥的願望在母后那兒無法實現，那他就自己組一團後宮，就不信未來的皇后和未來的嬪妃不會爭寵，不會把朕的後宮攪得雞飛狗跳天翻地覆。

朕真是太聰明了，哇哈哈，哇哈哈，哇哈哈哈哈哈。

◎ ◎ ◎

帝后大婚，遵循《儀禮，士婚禮》中所載，經納采、問名、納吉、納徵、請期後，便是親迎之禮。

皇帝貴為天子不得屈尊親迎，故改親迎為奉迎，由城武王爺領著眾多大臣去往大司農府冉粟的府邸迎娶皇后。

大婚之禮繁瑣，待皇甫檀步入椒房殿已是戌時，殿內的龍鳳喜床床幃掛著祝賀多子多福的百子幔；喜床頭尾兩側放著裝有金玉珠寶米粟麥稷的寶瓶，象徵富貴滿堂糧食滿倉。

皇甫檀害羞地和一身紅服的皇后端坐在龍鳳喜床，放眼看去以繡線繡成的五彩雲彩、蝙蝠和葫蘆卍字紋樣布滿充滿喜慶的椒房殿。

兩名宮女低著頭，各捧著放置一只玉碗的漆盤，柔聲說道：「皇上皇后請用團子。」

以桂花和棗泥為餡，湯面還漂著桂花花瓣的白色團子，有祝福新人早生貴子的涵義，待帝后吃完成雙的桂棗團子後，兩名宮女便躬身退至殿外，輕輕闔上椒房殿的殿門。

尷尬的氣氛浮動在兩人之間，皇甫檀摸著自己的手指，慌亂之下竟忘了吃完團子後該做什麼，年長兩歲的皇后似乎也察覺到他的緊張，於是出聲提醒。

「陛下，該揭頭蓋了。」

「喔對，頭蓋。」

皇甫檀臉頰一熱，以驅除天煞惡星和意喻稱心如意的桿秤小心翼翼掀起蓋住鳳冠和容貌的紅紗，比畫像還端秀的面容驟然躍於眼前，讓他當場就愣了。

「陛下可還記得臣妾的名字？」

皇甫檀看著身穿大紅囍服的妻子，怔怔地說：「記得，冉竹。」

女子微微一笑，大方執起皇帝的手，說：「冉冉孤生竹，結根泰山阿，意思是我就像在荒野孤生的野竹，希望能在大山谷裡找到依靠的伴侶。陛下，冉竹既是您的皇后，也是您的妻子，願夫君能信我、重我，一生相伴永不厭棄，便是身為女子最大的福氣。」

「……」

皇甫檀胸口一酸，淚水溼潤了眼眶，不知怎地，竟想起太后說過的話……

說他的生母先太后一入宮中，父皇眼中便再無其他女子，不僅削減後宮，更廢除三年一輪采選女子入宮的「采揀令」。母親離世後父皇更是日夜垂淚，彷彿自己的一顆心也被葬在后陵的棺柩裡，此後雖與後宮生下兩子四女，卻至死不再封后，就連如今的太后亦是由遺詔追封，因為在父皇心中，他的皇后，只有母親一人。

於是放下掛著紅紗的桿秤，執起皇后的手，承諾：「朕答應，一輩子信妳、重妳，此生相伴永不離棄。」

冉竹皺起眉心，哽咽頷首：「臣妾信陛下，臣妾相信陛下。」

燃於床頭的掐絲金紅燭，被皇帝以黃銅的燭芯剪滅去燭火，龍鳳床畔緩緩垂下遮蔽的幔帳，夫妻之緣，便自今夜締結。

◎　◎　◎

數月後，寒中亭

「唉……」

寒中亭內，一人憑欄遠望亭外，看著點點白雪飄落在結了薄冰的湖面，托著左頰的腮幫子嘆氣。

「唉……」

半晌後，那人換了隻手，托著右邊的臉頰繼續嘆氣。

寒中亭外滿園梅樹，入冬後便綴滿紅紅白白的梅花，暗香浮動，疏影橫斜，當別的花木皆已枯萎的季節，唯有這柔軟的小花不知天寒迎風飄香，替料峭的冬季添上幾許生氣。

「唉……」

又是一聲長嘆自嘴角洩出，卻是從亭內另一個人的口中發出，原本正張開嘴巴準備嘆氣的皇帝被這一打岔，氣呼呼地轉過頭，斜著眼睛看向垂手立於身後的寺人總領。

「你嘆什麼嘆？難道你也有煩心之事不成？」

高博一臉恭敬地說：「主子，但凡是人就會有煩心之事，奴才也沒能例外。」

皇甫檀用鼻子哼了哼，沒好氣地問：「是嗎？那你說說你煩什麼？」

「奴才在苦惱，皇后賢雅淑德，不僅太后讚譽有佳，宮內上下也感佩娘娘仁厚，主子有此賢后，不好嗎？」

「不，她很好，真的很好。」

聽聞高博提起皇后，皇甫檀緊張地摳弄著自己的手指，臉頰浮起淡淡的紅暈，說。

「那主子為何一臉愁容？」

「因為冉竹她——」話才說了一半就被吞了回去，皇甫檀甩甩手，掩飾真正的想法，道：「總之你不懂，她就是太好了朕才煩惱。」

冉竹性情柔順，德言容功優秀得彷彿從《女訓》中走出來一般，謙讓恭敬以賢事夫、不道惡語不厭於人、行禮尊法約束內闈，就連詩文樂曲亦甚精通，有妻如此，夫復何求。

可是皇后越如此行止得宜，就離那後宮爭鬥的大夢越遠，就連昨夜故意提到是否該納些美人以充掖庭，皇后的眉眼連抬都沒抬便含笑允諾，還說如此甚好，以後便能和其他嬪妃一起照顧陛下，也能替王室開枝散葉。

「唉。」

想到這裡，皇甫檀忍不住又嘆了口氣。

高博自然不明白陛下內心的彎彎繞繞，抬頭瞧著天色漸沉，喚來捧著大氅的年輕內侍，拿起狐皮大氅走到皇甫檀的身邊。

「主子，入夜寒冷，讓奴才們伺候您回永延殿，進完晚膳後再泡個暖呼呼的湯泉，您看可好？」

皇甫檀收起支在涼亭欄杆上的手肘，用另一隻手的溫度捂著，抖了抖身體，道：「是冷了，回宮吧！」

「奴才遵命。」

高博將大氅披在皇甫檀的身上，替他繫好繩結束於胸前，伺候皇帝坐上步輦，垂下步輦四周阻隔寒氣的厚氈，領著內侍和宮女返回永延殿。

帝王起居的永延殿內，宮女們手捧漆盤逐一呈上精美的菜餚，皇甫檀吃著湯鍋子喝著能祛寒暖身的蔘酒，在吃飽喝足撤去晚膳後，乘著步輦來到華清宮。

華清宮乃帝王沐浴的地方，鄰近皇宮的北山有一處天然野泉，自太祖建立皇城時便挖通暗渠引入溫泉之水，這才有了四季不絕，能疏筋活血延年益壽的九龍湯池。

九龍湯池之珍貴，就連皇后也只在誕下皇子或得了陛下恩准才得以入湯沐浴，至於皇后以下的後宮妃嬪，無論多麼受寵，都不得進入華清宮。

皇甫檀坐在金絲楠木的椅子上，看著宮女將裝在金盤的藥材倒入飄著白霧的溫泉池中，於是問道：「芙渠，妳往水裡倒了什麼？」

「回主子，太醫吩咐了，陛下近日政務繁忙夜不安寐，要奴婢們準備百合、菊花和茯神浸於湯池，不僅能舒緩疲憊，隨著蒸氣散逸的芳香也能讓陛下安神定氣。」

「原來是這樣。」

點點頭，見高博仍在殿外忙碌，便壓低聲音悄悄問道。

「芙渠，妳幾歲？」

「回主子，芙渠到年底便十五了。」

「十五？那只比朕小了一歲。」

「是啊。」小宮女盈盈笑答，說道：「主子若沒別的吩咐，奴才就退至殿外伺候。」

「等等，朕有一件非常要緊的事情要妳幫忙。」

小宮女低下頭，恭敬地說：「主子請吩咐。」

「芙渠，妳當朕的嬪妃，幫朕穢亂後宮吧！」

「……」

哐噹一聲，金盤落地。

服侍皇帝沐浴的小宮女身子一歪，閉眼暈倒在霧氣裊裊的九龍湯池旁。

「芙渠？芙渠？高博快來！芙渠她暈過去了！」

小宮女這一昏厥，把皇帝嚇得不輕，連忙喊來站在殿外伺候的高博，直到宮人們把芙渠抬到外面後，皇甫檀才褪去衣裳走進湯池，摸著鼻子自言自語。

「當朕的嬪妃有這麼恐怖嗎？」

一夜過後，昨晚在華清宮發生的事情瞬間傳遍後宮的每個角落。

不僅宮女們老遠瞧見御駕儀仗便退避三尺逃得不見人影，就連皇宮上下所有母性生物，無論萬獸園裡的母馬、母雉、母孔雀，還是供應鮮乳的母牛、母羊，包括皇甫檀從小養到大的小母狗，都把皇甫檀視作洪水猛獸，沒人敢靠近他周圍十步。

眼看年輕的宮女全都哭說不敢去伺候皇帝，深怕自己莫名其妙就成了和主子一塊兒穢亂後宮的幫凶，負責調派宮內差事的齊嬤嬤也只好親自上陣，領著一班老宮女來到永延殿，這才解決皇帝陛下不會自己洗澡、不會自己更衣、不會自己鋪床的問題。

◎ ◎ ◎

紫宸殿

紫宸殿上的臣子忙著議論朝政，一會兒討論蟲災如何治理、一會討論如何挖掘渠道疏導洪水、一會兒說起皇城近日米價居高不下頗有民怨，該著人調查是否有人惡意哄抬……

御座上，皇甫檀支著下巴兩眼無神地看著口沫橫飛的大臣，走神。

高博瞧著爭論不休，一時半會兒恐怕無法結束朝議，彎低身子心疼問著在御座罰坐的皇帝主子：「陛下，您是不是餓了？要不要奴才給您傳膳？」

皇甫檀瞪了高博一眼，道：「沒瞧見朕已經苦惱地茶不思飯不想了嗎？不吃不吃，不喝不喝。」

「那……不吃飯，要用小點心嗎？」

「要。」

皇甫檀猶豫片刻後，摸著發出抗議的肚子點了點頭。

「不喝茶水，換成甜湯或果汁可好？」

「甚好甚好，高博真棒，賞你珍珠一斛。」

御座上的皇帝笑呵呵地拍著內官總領的手臂，誇讚。

「謝主子賞。」

於是一主一僕大搖大擺走進偏殿吃東西，等到議論完政事的大臣派人告知皇帝，皇甫檀才抹著沾在嘴角的糕餅渣渣回到御座，走過場般說了句「若無其他事情上奏，眾卿便退朝吧」，結束整整四個時辰的朝堂議事。

散朝後，皇甫檀剛踏出紫宸殿的門檻，就瞧到服侍太后的管事宮女已候在殿外。

齊嬤嬤福了福身，道：「陛下，太后請您過去一趟。」

「太后可是病了？」

否則平日裡母后可不會著人來這裡尋朕。

齊嬤嬤笑得頗有深意，並不回答皇上的問話：「陛下到了九州殿後便會知曉。」

「好，朕隨妳去。」

「謝陛下。」

於是坐上步輦，由齊嬤嬤和高博左右隨侍，前往太后起居的宮殿。

◎ ◎ ◎

九州殿

九州殿內，太后握著皇后的手，慈祥的面容上有著藏不住的喜悅，一旁還跪候著三名太醫和隨行醫院宮婢。

「母后！」

隨著聲音傳入殿內，戴著鳳冠的皇后本欲起身行禮，卻被皇帝擺手阻止。

「皇后不必多禮。」

皇甫檀快步走向太后，焦急問道：「母后命齊嬤嬤來找朕，可是身體有恙？」

柳蒲霜露出寵溺的笑容，微笑罵道：「傻孩子，身體有恙的不是哀家，是皇后。」

「皇后？皇后怎麼了？」

納悶回頭，卻看見皇后雙頰飛紅，低著臉害羞地不敢回話。太后對著跪在一旁的醫官點頭示意，於是年逾六旬且擅長婦幼之病的太醫，領著醫官和官婢朝皇甫檀叩頭恭賀。

「微臣恭喜陛下、賀喜陛下，皇后娘娘已有三個月的身孕。」

「什麼？」

太后看著表情錯愕的皇帝，莞爾一笑，道：「以後你就是父親了，可不能再像從前一樣胡鬧，得給未來的小皇孫做個榜樣。」

「冉竹，這、這是真的嗎？我有兒子了？」

驚喜之下，都忘了要自稱為朕，慌亂又手足無措的反應不僅惹得太后呵呵笑著，連從小看皇帝長大的齊嬤嬤也忍不住彎起嘴角。

皇后紅著臉，臉上有著初為人母的喜悅：「還不知道是男是女，也許是公主呢。」

「無論皇子還是公主都好，都好。」皇甫檀轉頭對著高博露出傻爹爹的模樣，說：「高博，朕要當父親！朕要當父親了！」

高博眼眶泛淚，跪地高呼：「奴才恭賀太后、恭賀陛下、恭賀皇后娘娘。」

「奴才恭賀太后、恭賀陛下、恭賀皇后娘娘。」

九州殿裡裡外外，所有內侍和宮女紛紛跪地，揚聲祝賀。

椒房殿喜得麟子的消息很快傳遍整座宮廷，接著從後宮傳至前朝，不到半日的功夫，皇城上下無論老小，全都知曉這個天大的好消息。

百姓紛紛走向皇宮東西南北四處宮門，跪地磕頭高呼萬歲，慶賀又一位聖主明君的降世。

◎ ◎ ◎

半年後

深夜子時，椒房殿內傳出宏亮哭聲。

服侍皇后的宮女滿頭大汗衝出產房，跪拜已在正殿足足等候三個時辰的皇帝，喜極而泣地大喊。

「陛下，是皇子！娘娘生下的是皇子！」

「太好了，太好了，太好……」

皇甫檀激動地從椅子上站起來，坐了兩個時辰動都沒動過，雙腿麻痺無法支撐身體的重量，於是兩腿一軟向前栽去，幸好高博眼利手快攙住皇上，才不至於讓喜得麟子的主子摔個鼻青臉腫。

又過了三刻鐘後，剪去臍帶洗去汙血，用絲綢包裹保暖的男娃，被宮女抱至正殿，面見皇上和太后。

皇甫檀坐在榻上，渾身僵硬地抱住裹在襁褓的嬰兒。不像其他娃兒因為離開娘胎時哭得太過疲累，在得到溫暖後便睡得香甜，懷裡的男孩難得地睜著烏溜溜的大眼睛，打量著周圍的一切。

「母后您瞧，小皇孫在看著朕，看著朕呢！」

太后噘著嘴巴發出聲音逗弄充滿好奇心的小寶寶，盈盈笑道：「這孩子真不一般，不像他父皇出生時一臉憨樣，哭完就睡、睡醒就哭，來日定是個聰明的小夥子。」

皇甫檀皺著鼻子抗議：「母后真是見了金孫忘了兒子，朕那是質樸天然，哪像這娃兒眼珠子賊得像隻小狐狸。」

「嗚啊——哇啊哇啊——」

小皇孫像是能聽懂父親在罵自己，方才還透著好奇心的大眼睛，瞬間湧出淚水嚎哭起來，氣得柳蒲霜立刻從兒子懷中搶走寶貝孫兒，還順手在皇甫檀的腦袋瓜上搧了個巴掌。

「看看！哀家的寶貝孫子都被你氣哭了。」

皇甫檀沒想到小嬰兒的反應這麼大，心底也慌了，趕緊用手拉扯嘴角做出古怪的表情逗著兒子：「父皇壞壞，是父皇不好，你就算是狐狸，也是父皇的心肝寶貝小狐狸，好不好？」

「……」

說來也奇，皇甫檀的話才剛說完，小嬰兒便收起哭聲，用水汪汪的眼睛看著皇甫檀的臉。

太后笑了笑，道：「看來這孩子已經認得你了。」

「那當然，朕可是他的父──」

說著，皇甫檀突然一個激靈，掛在嘴角的笑容也從喜悅變得越來越古怪……

哎呀呀！

朕怎麼就忘了最最重要的事情呢？

就算朕的臣子能力超群又不黨爭內鬥、大將軍不肯興兵做亂、外邦北虞不但弭平戰火還和大將軍和親、城武王連奪權都犯懶、太后和皇后不肯幫朕後宮爭鬥，就連想弄個妃子爭寵的戲碼也搞得連母牛母馬母孔雀母狗，但凡母性生物全都對朕退避三舍。

但！

朕能實現「破而後立」的遠大抱負還有最後一線希望，那便是——

皇、子、謀、逆！

沒錯沒錯，古往今來哪對皇家父子不反目成仇？

哪位皇子不想逼退親父取而代之？

所以兒子啊兒子，你可一定要給父皇爭氣，長大後絕對要讓爹爹看見一場皇子謀逆的篡位大戲喔！

「呵呵。」

皇甫檀看著被太后抱在懷裡的小皇子，賊兮兮地笑著。

第四章 九章紋服

三年後

「孫兒拜見太后，拜見母后。」

天色未亮，皇甫曜身著以金線和彩線繡成山、龍、華蟲、宗彝、藻、火、粉米、黼、黻等九種紋樣的大禮服來到九州殿內，同祖母和母親行禮。

九章紋代表鎮定穩重、神異變幻、文彩華美、供奉孝養、整潔明淨、取有所養、果斷明察、背惡向善之意。比起帝王的十二章紋，少了象徵光明與君位神授的日、月、星辰三種圖騰，卻仍尊貴無比，因為這代表身著此服的是即將成為儲君的太子殿下。

太后對著皇甫曜招了招手，待孫兒走到身邊後微笑問道：「曜兒，儀典的規矩可通透了？」

三歲的小皇孫點點頭，回答：「都背熟了。」

柳蒲霜轉頭看向身著吉服的皇后，點頭讚許：「冉竹啊，妳把他教得很好。」

「謝太后誇讚，這本是臣妾應盡之責，咳咳……咳咳……」

面容憔悴的皇后方說了幾句話便舉袖掩嘴連咳數聲，太后擔心看著身旁的人，關心問著。

「身體還沒好全嗎？」

「太醫說臣妾的身體已無大礙，但仍需費些時間調養。」

自半年前小產後，她的身子便大不如前，雖有宮女和太醫院的悉心照料，卻仍一天天地消瘦。

柳蒲霜牽起皇后的手，道：「本該讓妳好生休養，可冊封太子的儀典需得皇后親臨，妳辛苦點，待冊封大典結束後曜兒便是常韶國的太子，母以子貴，以後妳就等著孩子長大，娶媳婦生娃娃，享清福囉。」

冉竹欣慰微笑，看了眼站在太后身旁的孩兒，說：「臣妾若能有太后一半福氣，便心滿意足了。」

「會的，一定會的。」

太后輕拍兒媳的手背，讓齊嬤嬤端來暖胃的蔘湯，看著皇后慢慢喝下。

站在一旁的皇甫曜也不說話，只是靜靜走到母親身邊，將揣在懷裡的手爐悄悄放在她的手上。冉竹看著兒子流露微笑，這孩子生性寡言，卻總像這般默默守護他最在乎的人。

殿外走入一名年輕寺人，跪在太后和皇后面前，道：「稟太后、皇后，儀典時辰已到。」

此人名叫宋言，六歲進宮，十一歲開始伺候皇甫曜，如今已十三歲，若在尋常人家仍是吵鬧撒嬌的年紀，可在規矩森嚴的皇宮，卻已承擔起照顧小皇孫的責任。教導他的師傅替他取名「宋言」，便是要他時刻謹言慎行，以免行差踏錯招來殺身之禍。

柳蒲霜慈愛地摸摸孫兒的臉龐，道：「孩子，去吧！」

「太后、母后，曜兒告退。」

皇甫曜拱手行禮後退出九州殿，在宋言與護衛的保護下，乘輅來到太子宮殿——廣明殿。

廣者，殿之大屋；明者，照也。

以廣明二字為宮殿之名，有謀識宏遠、通察民心之意，以期太子能廣開見聞體察天下，平章百姓協和萬邦。

廣明殿外早已站滿文武大臣，依據官品身著不同紋樣的朝服，待日出破曉後，常詔國的皇帝才身著冕服，乘輿至廣明殿前。

「跪。」

丞相楚維手捧詔書，朗聲而道。

眾官行禮下跪，高呼萬歲，皇甫檀則站在廣明殿的臺階上，面朝南方接受群臣與太子的拜見，其後丞相起身立於群臣之前，代宣詔書。

「自古帝王繼受天命，撫順寰宇，必建立儲君以安國本、以定人心、以繼宗廟社稷綿延無疆。嫡子皇甫曜，天資粹美，故載稽典禮正位東宮，今布告天下，咸使聞知，以重萬年之統，繫四海之心。」

「謝皇上聖恩。」

皇甫曜起身行禮、謝恩，行至丞相面前接受冊命詔書，而後返回原位將詔書交予太子屬官。

「授璽授帶。」

「謝皇上聖恩。」

皇甫曜再次走到前方，接下太子璽印與綬帶，謝恩後退回原處。

「行禮。」

丞相三次高呼，然而小皇子卻仍站在原地，忘了該獨自上前向君王行禮。

「曜兒，謝恩謝恩。」

站在臺階上的皇帝又是擠眉又是弄眼，還悄悄用嘴型提醒，小皇子這才反應過來，鎮定走到臺階前，朝父皇行三跪九叩之禮。

「呼……」

皇甫檀偷偷吁了口氣，把手伸出寬大的衣袍，對兒子勾勾左手小指，眨眨眼睛，這是「寶寶真棒，爹爹愛你」的暗號，只有他們知道的暗號。男孩緊繃的表情也在見到這個動作後瞬間放鬆，對父皇露出甜甜的笑容。

「眾官行禮。」

楚維的聲音再次響起，已冊封為儲君的皇甫曜率領屬官及文武朝臣，向常韶國的國君叩首跪拜。

皇甫檀也依循儀典的規矩，訓勉太子，道：「太子，自今日起，你便是萬民表率，當時刻謹記身上的責任。」

「兒臣謝父皇教誨。」

「……」

看著臣子眼中流露著對太子的欽服，身為父親的男人很是驕傲，很想就這樣衝下臺階抱起他的寶寶，卻只能按捺感動的淚水，皺著鼻子起駕離開廣明殿。

「高博你瞧，朕的兒子不但模樣好看，連性格也十分穩重。」表面上離開廣明殿，實際上卻躲在宮殿轉角偷窺的皇帝爹爹，對著貼身伺候的內官得意炫耀。

「太子的確比尋常三歲孩子成熟。」高博才說完，就聽見主子不滿地咂嘴，皇甫檀躲在宮殿轉角鼓著腮幫子，罵罵咧咧地。

「嘖，不過上呈個祝賀表，怎麼這麼沒完沒了？那些老傢伙就不能長話短說嗎？知不知道朕的兒子天還沒亮就起身，現在已經很累了啊？」

雖說由丞相率文武百官向太子上呈祝賀表是冊封儀典的規矩，可他還是心疼，心疼被繁文縟節折騰得眼睛下方都黑了一圈的寶貝。

「主子主子，太子要回廣明殿了。」

高博同樣站在轉角，伸長脖子注視殿前的動靜，總算看見結束百官拜見後，領著隨從走上臺階，準備走進殿內的小太子。

「走！」

身著十二章紋的人扔下這句話後，隨即甩袖轉身，繞過轉角自偏殿溜進廣明殿，剛踏進殿內便看見走入正殿的皇甫曜。

「寶寶！嗚嗚，朕的寶寶……」

帝王威儀當場粉碎一地，皇甫檀哭著跑過去，蹲下身子用力抱住兒子，還把眼淚鼻涕全蹭在小太子的九章紋服。

「爹爹別哭。」

皇甫曜輕輕拍著父皇的後背，小大人般哄著哭紅眼睛的爹爹。

「曜兒累不累？想不想吃東西？想吃什麼你說，爹爹讓膳房給你準備。」

向來把宮規視為無物的皇甫檀，自然也沒遵照帝后不可親自養育皇子的慣例，不但允准皇后親自撫育孩兒，私底下也不許兒子喊他父皇，得喊爹爹。

「爹爹，我不想吃，我睏……」

才三歲的年紀，能撐過長達三個時辰的冊封儀典已屬不易，走進廣明殿後又被父皇緊緊抱住，熟悉的氣味和溫度讓小太子被瞬間湧上的疲倦包圍，揉揉眼睛歪著頭，把腦袋枕在爹爹的肩膀，眼皮子一搭一搭地說。

「好好好，爹爹抱你睡覺。」

「嗯。」

小男孩閉上眼睛，被父皇抱在胸前走向內殿。皇甫檀還沒把人放在榻上，就聽見呼嚕呼嚕的聲音，低頭一看，懷裡的小人兒就像熟睡中的小動物，粉嫩嫩地煞可愛。

高博瞧著一臉傻爹爹模樣的君王，忍不住偷笑：「主子，您不是說過，為了您破而後立和轟轟烈烈的遠大計畫，要對小皇子很嚴格嗎？」

皇甫檀瞪了眼多嘴的傢伙，道：「朕改天再嚴格不行嗎？曜兒能記住那麼繁瑣的儀典規矩，可比朕當年冊封太子時厲害多了。」

內官總領難得點點頭，贊同說道：「這倒是，小主子可沒像您一樣坐在廣明殿的臺階上哭鬧。」

「你你你、你又知道了？」

氣呼呼地反駁，卻瞧見對方抬手指著站在太子身後的年輕寺人，假意咳嗽數聲，然後指著自己的臉，回答。

「不巧，奴才當年就像宋言一樣是伺候您的內官，這雙眼睛瞧得真真的，您不但一屁股坐在廣明殿的臺階上抱著先帝的大腿哭喊做太子好累，事後還被太傅罰抄書罰了整整三個月。」

「高博！」

被揭老底的皇帝氣得大吼，翻舊帳的人不但沒有嚇得跪地討饒，反而豎起食指抵在嘴邊，壓低聲音提醒正抱著小皇子的男人。

「主子，會吵醒太子的。」

「喔對，噓，噓噓。」

雷霆之怒瞬間消失，跟著比出噤聲的手勢，輕手輕腳地把小太子放上軟榻，然後坐在床沿，看著兒子的臉龐露出傻爹爹的笑容。

◎　◎　◎

開蒙院

「天地玄黃宇宙洪荒，日月盈昃辰宿列張，寒來暑往秋收冬藏……」

教導皇族子弟的開蒙院裡，傳來背誦《千字文》的童音，負責教席的太傅坐在十幾名男孩的前面，一遍一遍領著他們熟記書卷上的內容。

「皇上駕到。」

內官通傳之聲忽然響起，太傅連忙抬手停下男孩們的背書聲，迎上前去對著才剛結束議事，便從紫宸殿前來開蒙院的君王，揖禮道。

「不知陛下前來，未曾遠迎，微臣失禮了。」

「不妨事，太傅辛苦，朕就是恰巧過來，順便考校孩子們的課業學得如何。」

皇甫檀邊說著，眼珠子邊往孩子們身上轉了一圈，很容易就發現坐在最前排，腰桿挺得最直的曜兒。

「陛下請坐。」

「好。」

太傅躬身說著，將皇帝領至教席夫子的位置，將男孩們背誦的《千字文》置於桌案，然後開口。

「請陛下考校。」

能進開蒙院的孩子各個金貴，父祖若非皇族內親便是朝中重臣，捨下養尊處優的身分來此受苦受罰，謀的便是能與太子親近，能被皇上青睞的機會。

皇甫檀點了幾個孩子，有的支支吾吾說得錯漏百出，有的自信滿滿對答如流，等點到太子時，刻意挑了稍有難度的部分，問道。

「太子，『治本於農，務資稼穡』，其後兩句為何？」

皇甫曜不疾不徐地站起身子，朗聲回答：「治本於農，務資稼穡，俶載南畝，我藝黍稷，稅熟貢新，勸賞黜陟。」

「很好。」

皇甫檀微笑頷首，就連垂手立於左側的太傅也讚許地點了點頭，沒想下一句話，卻問起千字文的涵義。

「這段話的意思是什麼？」

「……」

問題一出，不只太傅嚇了一跳，就連院中孩童也紛紛露出吃驚的表情。太傅雖然解釋過每一句的意思，卻未要求他們背誦，陛下如此一問，遠遠超出孩子們知曉的範圍，然而站在最前排的太子，卻毫不慌亂地開口。

「治本於農，務資稼穡，俶載南畝，我藝黍稷。這段話的意思是治國的根本在發展農業，所以務必做好播種和收穫的農活，每年開始農務時，需在向陽之地種植黃米和小米。

稅熟貢新，勸賞黜陟。則是說如果只用刑法約束百姓，那麼他們只為了免受懲罰而失去廉恥之心，因此需用道德教化、用禮制約束，則百姓不僅會遵從律法，亦有廉恥之心。」

說完，開蒙院內響起一片讚嘆……

「哇！」

「好厲害！」

「居然有人能答得出來！」

男孩們紛紛往太子身上投射羨慕又佩服的目光，然而被眾人注目的皇甫曜，卻仍是那張看不出情緒起伏的臉孔。

「嘖。」

皇帝撇開臉，發出不滿的聲音。

可惡！這小子是狐狸嗎？

明明讓高博打聽過，開蒙院的課業還沒教到講解《千字文》的字義和內容，太傅沒教過的東西，這小子是怎麼學會的？

朕特地過來就是想讓太子當眾出糗，然後找機會罰他抄書，讓他逐漸累積對朕這個父親的不滿，這樣來日才會篡奪皇位取而代之。

「寫出來給朕瞧瞧。」

朕就不信了，那麼難的字你能寫得出來？

「……」

太子低頭看向自己的桌案，露出猶豫的表情。

「不會嗎？那就──」皇甫檀剛翹起嘴角露出笑容，正準備命太子抄書做為處罰，就看見皇甫曜抬起小臉，認真說道。

「兒臣沒有筆墨。」

「咦？」

沒等陛下反應過來，站在旁邊的太傅便已抬手招來站在一旁伺候的年輕寺人，吩咐：「快替太子準備筆墨！」

「是。」

宋言點點頭，快步走入屋內取來筆墨紙硯，回到桌案旁替皇甫曜研墨。

一切發生得太快，快得讓皇甫檀還錯愕地張著嘴巴，天資聰慧的稚子就已將方才背誦的內容書於紙面，雖說字跡尚欠火候，但是以一個四歲的孩子來說已是十分工整。

「哇塞！」

「天哪！」

「太厲害了！」

開蒙院裡的孩子們忍不住好奇心，紛紛離開座位走到太子身旁，圍在四周發出讚嘆的聲音。

一會兒後，皇甫曜將書寫墨跡的紙張交給宋言，讓後者捧著濃墨未乾的宣紙呈予父皇。

「……」

皇甫檀瞧著毫無錯處的紙面，當場詞窮，太傅卻撩起衣襬雙膝跪地，激動說道。

「陛下，太子天縱英才乃常韶國之幸。然，微臣淺薄，恐無法繼續擔任太子教席，還請陛下另擇良師。」

說完，將額頭重磕於地，無論皇帝如何勸說都不肯起身，只好應允太傅所求。

「也罷，既然太傅如此堅持，朕便另擇教席，太傅可有人選舉薦予朕？」

「有。」太傅抬起臉，對著坐在面前的君王，說：「常韶國內恐怕也只有那位足堪此任。」

「誰？」

「嚴光。」

「太傅說的，可是那位寧願耕讀垂釣也不肯入仕為官的嚴光？」

「正是。」

「這……」

皇甫檀眉頭皺緊面露為難之色，嚴光自幼便是常韶國有名的神童，年方十五便成為殿試狀元，任職典籍官一職至三十歲後，便辭去官職隱居鄉里，開設私塾教導貧苦孩童。

先皇在位時曾三次備車遣使，也無法讓他為己所用，最後只好將其隱居的桐廬山賞賜予他，下令免徵繇役、免收賦稅，禮遇備至。

身為父親自然希望兒子得到嚴光的教導，然而嚴光脾性古怪得很，連先皇都勸不動的人，他又有什麼辦法？

於是苦惱嘆氣，扶起跪在地上的太傅，道：「知道了，朕會派人前往桐廬山，太傅快快請起。」

「臣，謝陛下。」

太傅起身後，再看向太子之時，已不是看著四歲的稚子，而是看著常韶國來日明君的眼神。

皇甫檀此番前來，不僅沒讓那小子出糗，反而讓所有人見證太子的珠玉之資，實在不甘心自己「破而後立」的大計這般鎩羽而歸，於是用小指蘸了墨汁，偷偷點在「勸賞黜陟」的「黜」字下方，讓只有四點的「黑」字硬生生多了一個點，然後拿起宣紙，說。

「曜兒你粗心了，這『黜』字下方多了一個點，回宮後罰寫一百遍。」

呈上宣紙時已確認過每個字都正確無誤的宋言，剛想開口說些什麼，就被皇甫曜一記眼神掃過，阻止他的辯解，拱手回答。

「曜兒下次一定注意，謝謝父皇。」

「咳咳，那朕回宮了，大家要好好讀書，要聽太傅的話，明白嗎？」

「明白，草民等恭送皇上。」

開蒙院的孩子們和太傅一起跪在地上，叩首恭送年方十五便已載入史冊，甚至破格封了「豐帝」尊號的常紹國國君。

第五章 破而後立

兩年後

為了實現「破而後立」的遠大計畫，皇甫檀天天去找兒子的碴，可不知怎麼地，最後倒楣的都是他自個兒……

罰太子抄書，命人抬了張椅子隔著桌案坐在對面，換作小時候的他只要超過半個時辰就會手疼眼酸哭個不停，皇甫曜卻偏偏手不抖眼不移，抄了足足兩個時辰也沒喊累，最後是自己先扛不住睏意趴在桌上睡著，醒來時肩膀上還披著一件禦寒的棉袍。

問了旁邊的宮女，才知道是兒子親自從寢殿抱來給他蓋上。想到那小小的人兒大半夜來回奔波廣明殿和永延殿，還抱著對四歲孩子來說分量不輕的棉袍，一股暖意湧上心頭，眼眶泛淚衝進內殿，抱著已在榻上熟睡的孩兒哽咽。

「嗚嗚……都是爹爹不好，爹爹壞壞……爹爹壞壞……嗚嗚……」

被吵醒的小太子揉著眼睛，雖不知發生了什麼事情，卻一如往常地拍著父皇的頭頂，像祖母和母親哄他時一樣，哄著。

「爹爹不哭，曜兒最喜歡爹爹了。」

「真的？」眼睛紅紅鼻子也紅紅的人，抬起自責的臉龐，問著。

皇甫曜認真又用力地點點頭，在爹爹的額頭上親了一口，露出甜甜的笑容回答：「真的。」

「那……」皇甫檀呵呵笑著，用指尖點點自己的額頭，說：「再親爹爹一口。」

「嗯。」

啵的一聲，軟綿綿的親親再次印在爹爹的額頭，於是本來打算「欺負」兒子的傻爹爹，就這樣摟著曜兒躺上床榻，喜孜孜地沉入夢鄉。

比如逼太子習武，六歲的小人兒頂著當頭烈日足足射完百箭，反倒是站在一旁啥也沒幹的他，才站了半個時辰就被熱暈在校場上，丟臉地被高博扛回永延殿。

就連想從背後偷襲，把太子推下水塘讓他學會如何泅水，沒料到腳下一滑，父子兩人雙雙栽進水裡，皇甫曜不慌不亂地游回方才站著的地方，罪魁禍首又不懂水性的某皇帝卻在水中慌亂撲騰，最後被跳入水中救駕的護衛撈回岸上。

◎　◎　◎

寒中亭

「唉……」

寒中亭內，一人憑欄遠望亭外，看著春天裡漂著點點花瓣的湖面，托著左頰的腮幫子嘆氣。

「唉……」

半晌後，那人換了隻手，托著右邊的臉頰繼續嘆氣。

寒中亭外的梅樹早已過了時節，只剩下枯枝前端略略抽出的新芽，透露著數個月後將再次綻放的生機。取而代之的是正值時令的杏樹和桃樹，粉紅雪白地開滿枝頭。

「唉……」

寺人總管搶先一步發出長嘆，沒意外地又被張開嘴巴準備嘆氣的皇帝瞪了眼。

皇甫檀轉過頭，對著站在身旁的人，加重語氣氣呼呼地問：「這次你該不會『又』和朕一樣，在煩惱『兒子』的事情吧？」

高博擺擺手，笑道：「奴才是內官，哪來的兒子。」

「那你嘆什麼氣？」

「奴才覺得，主子也別執著那破而後立的遠大抱負，正經八百地做個慈父不好嗎？」

「所以朕才苦惱啊！」

「奴才不明白。」

「若想實現朕被兒子篡位的計畫就得疏遠曜兒，可是寶寶那麼可愛，朕連一天見不著他都覺得渾身不對勁，又怎麼忍心真的疏遠他？但如果不對他嚴厲點，又怕曜兒變成什麼都不會，成天只知道吃喝玩樂的性子。

朕究竟要怎麼做，才能既和寶寶感情深厚，又讓他成為體察民心的君主，還不能忘了把朕的皇位給摘掉。嗚嗚，一魚三吃真的好難，嗚嗚真的好難喔。」

高博嘴角抽搐，黑著臉瞅向某人：「主子您還是先擔心自個兒吧！太子日日卯入申出亥時就寢，不僅熟讀經書和祖訓，就連習武也從未間斷，絕對和『吃喝玩樂』這四個字沾不上半點關係。」

「是嗎？那就好。」皇甫檀欣慰地點了點頭，突然停下動作，瞇起眼睛看著另一個人：「等等，你說這句話的時候瞧朕做什麼？」

「奴才沒別的意思。」

站在寒中亭的人立刻撇開視線，心虛回應。

「是、嗎？」

咬牙切齒扳著手指瞪向高博，準備好好教訓教訓這個老愛給他拆臺的壞奴才，後者立刻兩手一拍，露出嚇到的表情。

「哎呀！太后讓奴才給太子送吃食，奴才這就去廣明殿給殿下送桂花糖糕。」

說完，立刻彎腰屈腿福身告退，腳底抹油當場開溜，直到好一會兒後才反應過來的某皇帝，氣呼呼地對著寒中亭外的桃花李樹吼著。

「高博！你、給、朕、回、來！」

◎◎◎

椒房殿

「咳咳，咳咳……」

寢殿內，皇后靠坐床頭喝著宮女熬好的湯藥，只不過沒喝幾口便匆匆放下藥碗，捏著帕巾摀嘴咳嗽。

「母親……」

皇甫曜坐在榻邊的凳子，看著形容憔悴的母親，輕輕地喚了聲。

冉竹放下帕巾，伸手撫摸兒子的髮髻，道：「別擔心，母親沒事。」

兩年多前的小產不僅落下病根，甚至促發氣滯和瘀血阻塞脈絡的冠心之疾，雖以瓜蔞寬胸散結，卻未有太大起色。

這三個月來，她的身體虛弱到連在椒房殿的院內走走，都會喘不過氣的程度。太醫們不敢說，冉竹自己卻很明白，她怕是無法陪曜兒長大，看他娶妻、看他生子、看他承繼皇位，看他成為萬民景仰的君王……

撐起溫柔的微笑，問著比平時早了半個時辰過來請安的太子：「今日怎麼來這麼早？嚴夫子的功課可做完了？」

「做完了。」過了新年便要七歲的小太子，認真地點了點頭，回答。

嚴光本隱居於桐廬山，連先皇三次備車遣使亦勸不動這位宏儒大家，陛下雖有意請其擔任太子教席，然而面對這位視官位厚祿於無物的隱士，卻也毫無辦法。

『陛下，可否容臣妾出宮試試？』

『從皇城到桐蘆山路途顛簸，皇后身體不好，若是出了什麼狀況朕會自責死的。況且連先皇都做不到的事，皇后此行未必能成。』

『成事在天謀事在人，陛下不讓臣妾試試，又怎知結果如何？身為母親為了孩兒尋訪名師受點顛簸之苦，冉竹覺得值得。』

『好吧，那妳注意身子，若有什麼不舒服的地方就要立刻回宮。』

『臣妾遵命。』

於是卸下華服摘去首飾，和太子換上百姓穿著的布衣，輕車簡從歷經七日顛簸，終於來到桐廬山的山腳，在農戶的指引下尋到隱居山坳處的一代宏儒。

嚴光看著站在面前表明身分並說明來意的婦人，露出詫異的表情，然而更讓他不敢置信的，是身分尊貴的皇后竟在說完話後領著兩名宮女四名宮衛，頭也不回地離開他的草蘆，留下一臉淡定的小太子，捲起袖子幫自己在草蘆的角落拾掇出一塊能躺平睡覺的地方。

接下來的兩個月，皇甫曜跟著嚴光同吃同住，白日種田夜裡讀書，無論嚴光如何冷臉對待都不吵不鬧地跟著，吃著粗糙的食物，住著下雨就會漏水的草蘆，沒喊一聲苦，沒皺半下眉頭。

最後拗不過皇后的信任、太子的毅力，以及對珠玉之才的愛惜，嚴光答應入宮為太子教席，但有兩個條件，一不接受官位，二是任何人不得干涉他教導皇子的方式。

得知消息的帝后二人自然應允，不僅讓人在廣明殿內圈出一處僻靜之地供其居住授課，並下旨恩賜，無論官爵高低，只要是在皇宮內，嚴光見之皆無須行叩拜之禮……

冉竹撫摸兒子的臉龐，溫柔地看著：「夫子學問淵博見識不凡，雖不肯接受太傅的頭銜，卻是真正傳道授課的恩師，曜兒當以太傅之禮敬之重之，方對得起夫子為你重入俗世的恩情。」

皇甫曜點點頭，將手心貼在母親微涼的手背：「曜兒明白。」

「真乖。」

欣慰微笑，收回貼在臉頰上的手，拿起一旁的銅製捧爐，捂暖有些發涼的掌心。

「母親……」

「怎麼？」

男孩看著母親欲言又止，猶豫片刻，方才開口。

「爹爹是不是不喜歡曜兒？」

「為何這麼說？」

「因為爹爹老是要我快點長大，要我謀權篡位，可是史書上謀權篡位的皇子都會被殺掉，所以爹爹是不是討厭曜兒……想殺了曜兒？」

皇甫曜越說越難過，不僅紅了鼻子，就連淚水也委屈地在眼眶裡直打轉。

冉竹聽了這話忍俊不住，噗哧一笑後，將鏤花捧爐移至左手，用另一隻手擦去男孩掛在眼角的淚水，溫言解釋：「你父皇呀，天生的命好福分大，一出生便是尊貴的嫡長子。不僅坐擁先祖打下的江山，連朝中臣子也全是一等一的賢良之才，加上你城武王皇叔不是愛爭搶的性子，每一樣前人後世求都求不來的福分，卻讓他覺得自己無法像太祖、世祖、德宗等先祖那般，做出一番轟轟烈烈的豐功偉業，所以才把希望寄託在你的身上。」

皇后一邊說著，一邊想起夫君做過的荒唐事，不由得彎起嘴角。

「不過這也是你父皇有趣的地方，所以他並不是討厭你，更不是想殺了你，曜兒可明白？」

小皇子搖搖頭，皺著眉頭：「不明白。」

冉竹指著寢殿內的桌子，換了個說法：「曜兒喜歡桂花糖糕嗎？」

「喜歡。」

皇甫曜回過頭，看了眼擺在放在桌上裝了小食的碟子，用力點頭。

「倘若從今日起，一日兩膳都只准吃桂花糖糕，你還會覺得好吃嗎？」

「不要！好膩！」男孩猛地搖頭，大聲拒絕。

冉竹撫摸兒子的臉龐，說：「所以啊，於你父皇而言，常韶國的帝位就像每天都只能吃桂花糖糕一樣，日日如此、年年如此，那麼便是再喜歡的東西也會覺得索然乏味。」

皇甫曜歪著腦袋，思索好一會兒後才開口道：「母親，我好像有些明白了。」

「咳咳……咳咳……」

冉竹方揚起微笑，胸口便猛地一滯，拱著背不斷咳嗽，男孩立刻從凳子上起身，站在榻邊替母親拍背順氣。在殿內伺候的宮女也趕緊端來銅盆接住穢物，還用身體悄悄遮去小太子的視線，不讓他看見夾雜血絲的濃痰。

直到好一會兒後，皇后才平緩氣息，接過宮娥呈來的清水洗去口中汙濁之氣，然後握住兒子的手，語重心長地說。

「曜兒，答應母親，哪怕母親、太后、楚相，或其他人都不在了，你也要撐起常韶國的重擔，撐起能讓你爹爹胡鬧的太平天下，讓他這輩子都能無憂無慮、無拘無束，愛怎麼胡鬧就怎麼胡鬧。能答應娘親嗎？」

皇甫曜用力點頭，眼神中有著超然的成熟，回答：「我答應母親，一定撐起常韶國的重擔，爹爹只要做他喜歡的事情就好，其餘的，曜兒來扛。」

「好孩子。」

不捨的眼神，看著她唯一的孩子。

看著，不知自己還能陪伴多少時日的孩子。

「母親，您愛爹爹嗎？」

詫異看著突然說出這句話的孩子，冉竹沒有回答，只是豎起食指抵在略顯蒼白的嘴脣，眨眨眼，俏皮地說。

「噓，這是為娘的祕密，你要幫母親保守這個祕密。」

「曜兒一定守密，不過母親得跟曜兒說說，爹爹當年是如何胡鬧，就當作──」

小太子歪著腦袋思索片刻，把手縮進袖子裡，仿效百姓在市集上買賣牲口時用手指比劃價碼的方式，賊兮兮地說。

「就當作保守祕密的『捏價』。」

「這話又是誰教你的？」

「宋言。」皇甫曜一邊用手比出代表各種數字的手勢，一邊解釋：「他說老百姓們在買賣商貨時，會像這樣用衣袖遮住彼此的手指在袖子內議定價碼，所以又叫『袖裡乾坤』。」

冉竹頷首微笑，稱讚：「不錯，身為儲君不能只懂經書上的道理，更要明白老百姓們真正的生活。」

說完，把微涼的指尖探入孩兒的袖子，比出數字捏了個雙方滿意的價碼，然後伸出小指，和咯咯笑著的兒子開心拉勾。

於是，椒房殿內，某位君王的「豐功偉業」，透過皇后的描述，讓來不及參與的小太子，捧著肚子大笑不已……

◎ ◎ ◎

一年後

蓼蓼者莪，匪莪伊蒿。哀哀父母，生我劬勞。
蓼蓼者莪，匪莪伊蔚。哀哀父母，生我勞瘁……
父兮生我，母兮鞠我。撫我畜我，長我育我，顧我復我，出入腹我。欲報之德。昊天罔極……

「母后……」

皇甫曜身著斬衰（註1）跪在靈堂前，往燒著炭火的銅盆撒入祭奠的檀香，以《蓼莪》為詞的輓歌，隨著入秋後染了寒意的冷風不留情地吹入掛滿白布的椒房殿。

耳邊彷彿還能聽見母親含笑說話的聲音，然而眼前飄揚的白幡和戴在頭頂的素冠，卻提醒著母親已經不在的事實，檀香焚燃的裊裊白煙穿透相隔的陰陽兩界，傳遞對母親的思念。

註1 舊時五種喪服中最重的一種。以粗麻布製成，左右和下邊不縫。服制三年。

皇后臨終前特意囑咐，不許宮人陪葬不許奢華，還將本該用於葬禮的花銷用作平安院救濟貧苦人家的銀兩。就連侍奉的宮女也按其意願，或留於宮中由內廷司重新分派職務，或撥銀子照拂她們出宮後的生活。

懿旨一出，椒房殿上下哭聲一片。

從皇后仍是大司農閨女時便伺候在旁的陪嫁宮女，因哀痛過度，竟在主子薨逝那夜懸梁自戕。宮女自戕本是禍及家眷的重罪，皇帝卻親下旨意免去其罪，甚至將其葬入后陵，讓她能在另一個世界，繼續伺候她的冉家大小姐。

「殿下，夜深露重，若是寒氣入體傷了身子，皇后娘娘會心疼的。」跪在太子身旁的寺人宋言，直至檀香燒盡化作白灰，才開口勸道。

「知道了。」

皇甫曜看著置於靈前的一碗白米、一碟紅棗，與母親生前經常做給他吃的桂花糖糕，哽咽回應。

於是扶著膝蓋，撐起因為跪了多時而麻痺的雙腿，最後看了眼殿內日夜不熄，指引魂魄走向黃泉之路的長明燈，暗自對母親道別，然後跨過門檻，步出白布飄盪的椒房殿。

殿外，夜風寒冷，皎潔的月光將人影照射在迴廊的青磚。

以前，是母親牽著他的手，從椒房殿走回廣明殿；可自今日起，他得一個人走在同樣的路上。

生麻製成的斬衰，不緝邊地扎在手腕和脖頸處的肌膚，把柔嫩的皮膚扎得滿是紅痕。也許定下禮制之人便是想透過這種疼，讓為人子女感受母親哺育孩兒的不易，畢竟被生麻扎出的疼，怎疼得過懷孕之苦、生產之險。

皇甫曜長吁了一口氣，對著跟在後方的內官問：「父皇可還在宣室批閱奏章？」

「這……」宋言看著主子年幼的背影猶豫了一會兒，才回話道：「陛下不在宣室，而是汀蘭水榭。」

立於沁心湖上的水榭以「岸芷汀蘭」為名，是皇后生前最喜歡的地方。皇甫曜點點頭，揮退隨從，領著宋言一人來到沁心湖旁，果然望見湖上透著微弱的燭光。

亥時方過，負責在湖上擺渡的侍人已將皇上送至水榭，岸上僅餘空舟一艘，宋言本想找人來，卻被太子阻止，只好小心翼翼伺候太子登上小舟，握起船篙，將舟身朝向亮著燭火的地方緩緩划去。

扁舟方一靠岸，便聽見斷斷續續的歌聲，吟唱之人似已半醉，咬字含糊得讓人辨不清曲調。

「殿——」

站在岸上等候的侍人一見太子前來，握著撐船的木槳慌忙下跪，卻被皇甫曜比了個噤聲的手勢，道。

「你們都守在這兒，沒有本宮允許，誰也不許靠近。」

「是。」

「是、是的。」

宋言垂首領命，與那名侍人站在岸邊，守著太子殿下的命令。

◎ ◎ ◎

汀蘭水榭

岸芷汀蘭，係指岸邊的香草，小洲上的蘭花，皆是長於水邊的美麗花朵。既有讚許相貌堂堂玉樹臨風，亦指品德高尚，如花中君子般謙遜有禮。

皇甫曜踏著樓梯，循聲走上汀蘭水榭，每當父皇想偷懶或心情不好時，總愛獨自來到沁心湖上，將此處當作宮裡的世外桃源，能夠不受禮教宮規拘束地喝幾口小酒，高歌幾曲。

直到走近後，才終於聽明白爹爹吟唱的，是詩經中的《薤露》……

「薤上露，何易晞……露晞明朝更復落，人死一去……何時歸……露晞明朝更復落，人死一去何時歸……」

本是出喪時由牽引靈柩之人所唱，卻在這寧靜的深夜，被一國之君反覆唱著。

鼻酸地走了過去，跪在父皇身邊，輕輕喊著。

「爹爹……」

薤上露，何易晞。

露晞明朝更復落，人死一去何時歸。

薤草上零落的露水是那麼容易乾枯，但即使乾枯了，待至隔日，露水依舊會落下。可是人的生命一旦逝去，卻不知何時才能歸來？

水榭內，受命於天的帝王握著酒盞，灌入一口又一口濃烈的酒漿。可今日不知為何，明明酒量不好的他卻怎麼也喝不醉，反倒是紅腫泛疼的眼眶，卻似屋簷處遇暖融化的冰柱，不斷落下模糊視線的淚水。

皇甫檀抬起眼，將從遠處走來的孩兒看成妻子的模樣，對眼前的人招了招手，打了個酒嗝。

「妳來啦……嗝……來了就好，來了就好。」

「嗯。」

知道爹爹將自己錯認成母親，卻不說破地點頭回應。

「竹兒。」

展露笑容的臉龐，輕輕喚著皇后的閨名，看著眼前的人，止不住的熱淚自頰邊滾落。

冉竹是他的妻子，是與他相伴多年，還替他生下兒子的結髮妻子。然而身為一國之君萬民之主，依禮制除先皇和太后外，不得守喪更不得參與葬禮，故而皇后的薨禮上，一應規程皆由太子操持。

帝王的身分壓得他不能哀祭、不能哭喪，甚至仍需處理朝政批閱奏章。唯有這隔絕一切的汀蘭水榭能讓他做回自己，做回名叫「皇甫檀」的男人，可以思念妻子，追悼妻子，不會有史官秉筆直書、不會有人指指點點、不會有人笑他身為男子卻這般軟弱痛哭……

「……」

男孩看著父親，詫異看著。

在他的記憶裡，爹爹總是笑呵呵地，彷彿與煩惱和哀痛無緣，直至今日才知道，原來爹爹也會悲傷、會心痛，也會像他一樣，因為思念親人而哭泣。於是學著母親哄他時的動作，走到席地而坐的父皇面前，輕輕拍著他的髮頂，認真地說。

「爹爹哭吧，曜兒會陪著爹爹，一直陪著。」

皇甫櫝看著眼前模糊的臉孔，愣了一會兒後，抱住小小的人兒放聲痛哭。

「冉竹……冉竹……冉竹……」

皇甫曜感受著逐漸被淚水溼透的衣裳，想起母親曾經說過的話……

『曜兒，答應母親，哪怕母親、太后、楚相，或者其他人都不在了，你也要撐起常韶國的重擔，撐起能讓你爹爹胡鬧的太平天下，讓他這輩子都能無憂無慮、無拘無束，愛怎麼胡鬧就怎麼胡鬧，能答應娘親嗎？』

於是抬起頭，望向水榭外懸於夜空的殘月，對著已不在世上的慈闈，再次立誓——

母親，我答應妳。

自今日起，爹爹只要做他喜歡的事就好。

其餘的，曜兒來扛。

第六章　為誰風露立中宵

十一年後

位於光化門的西市，聚集眾多來自外地的客商，前來買賣商貨以求營生。

「都說行商最苦，既要拋妻別子離家鄉，披星戴月時奔忙，卻又少資利薄多資累，匹夫懷璧將為罪。可在我看來卻是再逍遙不過的人生，既能行高山走大江，又能縱覽風光四處為家。」

開口的是個約莫二十多歲的年輕男子，一邊說話一邊踏出買賣糧食的鋪子走到大街。雖身穿白色道袍卻把袖子捲到肩膀露出胳膊，嘴角還叼著狗尾巴草，簡直就是不倫不類這四個字的寫照。

另一人跟在其後步出店鋪，對著叼著草梗的人，問：「杜飛，一年來麥子在各地的產量以及進出皇城的貨價為何？」

杜飛沒有片刻猶豫，便將常詔國各府道州縣一十八個月內送入官倉的數量與京城內的交易價格，如數家珍地報出。

問話的人聽著一長串的數字，沉默片刻，然後對著跟在身側的隨從吩咐：「宋言，讓人通知平準官詳查麥子飛漲異常的原因，必要時可將常平倉的存糧減價而出以平物價。」

自太祖立國之初，為免穀多價賤，物寡則貴，故在各處設置「常平倉」，豐年之時一畝之田收其二升儲之，以免糧賤傷農；如遇災荒或糧食短少，則將所存穀物減價售出。其後世宗繼位，於中央設置「平準官」專司其職，以達貴買賤賣以抑天下之物的目的。

「遵命。」

宋言拱手領命，喚來站在對街候命的內官接替自己的位置後，便動身前往平準官的官衙。

杜飛看著宋言離去的背影，對著同樣受教於嚴光的太子殿下，道：「師弟啊，既然你手底下人才濟濟，不如把我這隻野鶴放歸山林，你輕鬆我也自在，如何？」

皇甫曜仍是那副喜怒不形於色的模樣，開口：「師兄既輸了那局棋，便得遵守五年之約，待五年之期一到，我定不留你。」

一開口，便狂踩杜飛的痛處，吐掉叼在齒間的狗尾巴草，不客氣地瞪著站在身旁的人：「呸！要不是那日突然起風，瞇了眼睛害我下錯棋子，憑你的本事想贏我，還早一百年呢！」

「能得天助，便是本事。」

「你——」

晏然自若的回應，當場把能言善道的人堵得語塞，腹誹師傅當年不該把這看似無害實則城府極深的常韶國儲君收入門下。

「唉喲！」

突然，一聲驚呼自兩人的右側傳來，低頭瞧去，只見一小乞丐正摀著額頭跌坐在大街，顯然是走路時沒長眼，撞上了皇甫曜的大腿。

被撞的人沒有任何反應，只是靜靜看著約莫十歲的女孩，反倒是杜飛蹲下身子扶起那孩子，替她拍去背上的塵土，關心問著。

「受傷沒？有沒有哪兒摔疼？」

「謝謝哥哥，我不疼。」女娃兒搖搖頭，併起雙手掌心朝上，用滿是汙泥的小臉露出可憐的表情，說：「哥哥是好人，能不能賞我點吃的？」

「……」

皇甫曜定定看著女娃兒掌心朝上，用委屈巴巴的臉向自己討要東西的表情，想起一個也會這般對自己賣乖占便宜的人。

杜飛用指尖點了點女孩的鼻子，微笑：「妳順走的東西足夠買下半條街的鋪子，還需要我賞妳？」

小乞丐仰著頭，天真又無辜地問：「大哥哥你說什麼，我聽不懂。」

「是嗎？」皇甫曜回過神，看著女娃兒，冷冷接話。

「喂！不過被摸走一只錦囊，別板著臉嚇人。」

杜飛邊說邊從袖子裡掏出以金線繡著龍形的絳紫色錦囊，女娃瞪大雙眼，驚訝地往自個兒的懷裡一掏，本該藏在暗袋的東西果然不翼而飛，市偷這門功夫她從未失手，沒料到卻在今日栽了跟頭。

「大哥哥是不是很厲害？這種市偷取物的把戲，我和那個死人臉哥哥早在八歲的時候就玩成精了。說吧，一個小姑娘家家為什麼偷錢？妳爹娘呢？他們在哪？」

杜飛一拋一接把玩那只絳紫色錦囊，俏皮地眨眨眼睛。卻在那雙靈動的眼眸中，看見這個年紀不該有的恨意，甚至攢握拳頭憤怒嘶吼。

「我沒爹！」

「那妳娘呢？」

「我娘……」

熱淚取代恨意，瞬間盈滿女娃兒的眼眶，哽咽地說。

「娘生病了，病得很重，可是郎中的藥方得要十文錢，所以……所以……」

原本冷眼旁觀一切的人，在女孩的淚水中看見多年前的自己，看見那個身著斬衰跪於靈堂，看著椒房殿上掛滿白布，壓抑哭聲思念母親的孩子……

於是伸手一撈，奪回落在杜飛掌心的錦囊，對著滿臉髒汙的女孩開口：

「跟我來。」

女孩以為兩人要將自己送去官府，扭過頭便要逃跑，卻被穿著道袍的男子拎住後領動彈不得，只能放聲大叫。

「放開我！」

「妳就乖乖跟哥哥們走一趟，放心吧，不會把妳送去衙門捱板子。」

兩人將小姑娘帶去設置在光化門附近的「平安院」，自皇上十五歲時被太史令請命上奏破格封了「豐帝」的尊號後，為了扶弱濟貧，便在昭旭、顯德、光化、崇光等東、南、西、北四處城門附近，設置四處「平安院」。凡生活困頓之人，只要走進平安院便能獲得救濟，不會有人探問緣由；然而若被官吏發現並非生活困頓卻貪小便宜者，將受棍刑四十，以示懲戒。

女孩不但領到米糧，還在官員的幫助下帶著能治病的藥材離開平安院。杜飛看著小姑娘一步三回頭，既感激又不知該如何報答的眼神，抱著手臂站在皇甫曜的身旁。

「堂堂東宮殿下，竟連一個小女娃的閒事也要管。」

「只要是常韶國的子民，就都是我的責任。」

「是嗎？那為何方才你竟走了神？可別告訴我，你對那麼小的女娃兒動了心。」

轉頭看向站在身邊的人，故作誇張地點出方才那張分明寫滿「別有用心」的臉龐。

「你不說話，沒人當你是啞巴。」

皇甫曜睨了眼師兄，被瞪的人便也點到為止，識趣地收起玩笑的語氣，嚴肅說道。「給我個方便行事的官職吧，麥價異常的事情我會替你辦好，若還有別的麻煩想奴役我去做，就讓宋言過來遞個話，師兄全都包了，誰讓我輸了那盤棋。」

「師兄。」

「嗯？」

杜飛停下腳步，等著太子殿下沒說完的話。

「多謝。」

「汾陽的『君莫辭』，記得送一車來。」

沒打算做白工的人，以汾陽縣名聞天下的美酒為代價，對著站在身後的人揮了揮手，然後大步離去。

「回宮。」

皇甫曜看著逐漸遠離的背影，對站在身後的內官下令。

「遵命。」

年輕的寺人朝著隱身在四周的護衛打了個手勢，很快地，一輛不顯身分的馬車便來到面前。皇甫曜踏著凳子坐上馬車，放下隔絕視線的竹簾，在內官和隨從的護衛下返回皇宮。

◎ ◎ ◎

宣室

「殿下。」

立於殿外的宮女將手放在腰際，對前來宣室的太子福了福身，剛要開口通傳便被制止。

「噓。」

皇甫曜比出噤聲的手勢，將宋言等人留在殿外獨自進入，果然看見趴在案上睡著的君王。官員呈上的奏摺凌亂地散在桌面，即使從半年前領命輔政後，送來宣室的摺子只有原本的十分之一，可爹爹一見摺子就犯睏的習慣仍改不了。

「真是的，都說過幾回了，就是不聽。」

看著只穿了件單薄衣裳便伏案熟睡的人，不由得皺起眉頭，於是轉身走進內殿，從紫檀木的椸架取下披風，然後回到前殿替爹爹蓋上。

輕輕抖開的紫棠色披風以銀線繡著傲寒凌霜的白梅，用薰爐染在內襯，是爹爹最喜愛的，硃砂紅梅的氣味。

「……」

飄過鼻尖的淡淡梅香迷惑著皇甫曜的視線，落在那人的後頸，沿著後頸滑過闔眼熟睡的臉龐。十九歲的少年悄悄彎下身子，把臉貼向染著緋色的唇瓣……

卻快要吻上唇瓣剎那猛然清醒，滿臉驚恐向後退去，然後轉過身奔向殿門。直到跨出宣室的門檻，皇甫曜才緩下紊亂的心緒，把在慌亂間仍抓握在指尖的紫棠色披風交予站在廊上的宮女，撇開視線不敢多看。

「天冷，去替父皇披上。」

說完，便領著隨從匆匆離去，本該在廊下伺候的宮娥則代替太子走進宣室，替伏案沉睡的君王蓋上保暖的披風。

◎ ◎ ◎

「陛下駕到。」

晚膳時分，廣明殿外由遠而近的通傳聲驚得皇甫曜面色一沉，手裡的筷子險些砸在擺滿佳餚的桌面，於是穩住情緒放下碗筷，起身接駕。

「兒臣恭迎父皇。」

在宣室醒來的皇甫檀，聽聞寶貝兒子來找過他，便喜孜孜地傳了御輦直奔廣明殿。

「別跪別跪，爹爹是來蹭飯的。」甩甩手，揮退本該負責伺候進膳的宮人，只留下高博和宋言，然後拉起兒子的手走向滿是菜香的紫檀桌旁，開心問著：「曜兒，聽說你午後有來宣室，怎麼不喊醒我？」

「不是『我』，是『朕』。」

皇甫曜搖搖頭，指著一邊說話一邊踢掉鞋襪，還把兩條腿盤坐在椅子上的常韶國君王，糾正。

「這裡又沒外人。」

被糾正的人撇撇嘴，不服氣地反駁。

太子捏著眉心，頭疼說道：「高總領和宋言都在。」

明明再過幾年便是不惑之齡的人了，卻越發地不守規矩，就連在楚維告老還鄉後繼任丞相一職的上官元堯，每回見了父皇也總是搖頭。

「他倆不算。」

見宋言走到紫檀桌旁替父皇添了副碗筷，於是玩笑地問：「是不算『外人』，還是不算是『人』？」

話音方落，桌底下就被爹爹在小腿骨處踢了一腳生氣指責。

「你若再說這種話，爹爹可真要生氣了，無論宮女還是內官都是爹娘辛苦養大的孩子，縱然身分有別，卻不可有貴賤之分的想法。」

少年齜著牙，屈腿揉著被踹疼的地方，露出旁人少見的笑顏，說：「知道知道，跟您鬧著玩呢！」

「你耍我？」

「誰讓爹爹先沒規矩。」

「你你你——」

皇甫檀指著兒子得意的臉龐，被堵得說不出話來。後者趕緊把父親最喜歡的水晶肴肉和油燜黃魚推到他的面前，笑嘻嘻地討饒。

「別氣，再生氣的話飯菜就涼了。」

皇甫檀卻不忙著舉筷用膳，反而張開手臂，彎起眉眼，對著少年老成的孩子撒嬌：「要我消氣也行，來給爹抱抱。」

「我都十九了……」

少年的臉上閃過一絲羞澀，拒絕過於親暱的動作。

「那又如何？我還三十六了，害羞啥呀，你近來忙於政事，太傅又不許我去吵你，咱們已經很久沒有抱抱了。」

「……」

看著這張委屈巴巴的臉，就和晌午時在西市遇到的小女娃一樣，這個人哪，總擅長用自己無法拒絕的模樣，讓他就算生氣也捨不得拒絕……

一旁，宋言咬著脣別開臉，就怕再多看兩眼，當真會壞了規矩笑出聲來。

「除非、除非你先改掉自稱的壞習慣。」

「寶寶乖，來給『朕』抱抱。」

皇甫曜黑著臉，繼續提出條件：「還有坐姿，坐姿不端。」

「行！」

某人從善如流的速度堪比春天融化的冰雪，不但立刻放下盤坐在椅子上的兩條腿，還把光溜溜的腳丫塞進鞋子，擺出一臉「這下子你沒有藉口拒絕了吧」的得意表情，晃了晃已經張開許久，也等待許久的手臂。

拗不過對方的堅持，只好站了起來走到桌子的另一邊，耳根泛紅地被爹爹抱住。

皇甫檀一邊抱，一邊用臉頰磨蹭兒子的胸口：「真好，好久沒抱你了。嗚嗚，小時候明明那麼黏朕，長大後卻反而疏遠了。」

「哪有。」

被緊緊抱住的人，心虛反駁；臨近不惑之年的人撇撇嘴，委屈抗議。

「哪沒有，兒大不中留，看來朕只好再生一個會黏爹爹的寶寶。」

話才說完，摟在腰間的手臂就被少年用力拉開，皇甫曜一臉鐵青坐回原來的位置，執起筷子繼續用膳。

「曜兒？」

「食不語。」

皇甫檀看著突然鬧起脾氣的孩子，一臉納悶，才開口說了一個字就被打斷，冰冷的語氣讓他心口一痛，覺得這孩子近來喜怒無常得很，忽冷忽熱的態度讓他根本摸不著頭緒，就算問了，也只會得到「我沒事，爹爹你多想了」這個答案。

只好默默拿起筷子，吃著忽然變得不那麼美味的菜餚，在心底安慰自己，許是因為朝政繁忙所以疲累了吧，朕身為父親就該體諒一點、再體諒一點、再體諒一點……

◎　◎　◎

荷華殿

招待來使的荷華殿上，沒有應有的排場和陪伴宴請使臣的文武官員，就連負責伺候的宮女也被遣至殿外，僅留高博一人替貴客張羅酒菜。

「這麼突然回來，是想念朕呢？還是朕遠嫁北虞國的大將軍——」御座上，帝王故意拉長的語氣，像極街坊中愛嚼舌根的三姑六婆，噙著沒安好心的壞笑，一字一頓地說：「被、休、夫、了！」

當年自願嫁予北虞國國君為王后，如今卻突然回來的大將軍畢修遠，坐在右側的席位上，對著從小相熟的常韶國皇帝冷笑。

「就算休夫，也是我休了喀爾丹那廝。」

皇甫檀點點頭，贊同對方的說法：「這倒是。」

這傢伙從小到大就是個鷹視狼顧的狠角色，只有他折磨人，沒有別人來折磨他的份兒。

「既然沒被休夫，那你回來做啥？」

「回來看看我的兒時玩伴，和常韶國的太子殿下。」

皇甫檀聽了這話，當場翻了個白眼，指著大將軍的左手，道：「當朕傻啊？朕都認識你三十多年，你說謊的時候會不自覺地捏握自己的左手小指，以為朕不知道嗎？」

「……」

畢修遠低頭一瞧，只見自個兒的右手果然無意識地揉捏著左手的小指，瞬間面色一沉，不再言語。

「說吧，北虞究竟發生何事？讓你非回來常詔不可？等等——」皇甫檀說著，突然瞪大雙眼，磅的一聲拍桌驚呼：「莫非你終於想通，要對當年逼你下嫁的朕來個起兵造反？逼宮退位？」

「檀檀……」

畢修遠抬眼看著自四歲起就由他陪伴讀書和習武的同窗，翻了個白眼，喊著對方的乳名。

「嗯？」

「你的嘴角快笑裂到耳根了。」

沒想到都過去這麼多年，皇甫檀還在做那被人穢亂後宮、黨派傾軋、謀權篡位、破而後立轟轟烈烈的春秋大夢。

「咳咳，朕、朕這也是關心你。」

收起喜不自禁的笑容，假意咳嗽幾聲心虛說著。

大將軍揚起濃眉，對著御座上的皇帝回應了一個恭敬又不失禮的微笑，道：「多謝陛下關心。」

反正殿內除他二人之外只有高博，便也不客氣地走下御座，一屁股坐在大將軍的對面，喝著畢修遠杯子裡的酒，吃起他盤子裡的菜，好奇問著。

「你老實說，此番究竟為何回來？」

磅！

荷華殿內再次傳出巨響，只不過這一回拍桌子的不是皇甫檀，而是畢修遠。

停在桌案上的那隻手握緊拳頭不斷顫抖，男人顯然怒氣未消，磨著牙齒恨恨說道：「因為某個混帳東西同意廣納後宮，生育皇子。」

「什麼？」

皇甫檀不敢相信地瞪大眼睛，張大嘴巴。

想當年喀爾丹就在這荷華殿上信誓旦旦答允迎娶「只能為后」，難道二十一年前的承諾仍言猶在耳，說出這句話的人卻變了心意？

怪不得戲曲話本總說男子涼薄，再深情的海誓山盟都禁不起歲月消磨，就像夏日裡出入君懷的團扇，一旦過季便被棄捐篋笥，恩情中道絕……

想著想著，皇甫檀突然回神。

「嘖，差點把自個兒給罵上，朕和那些渾蛋才不是一路人，朕對自己愛慕的人可是非常……非常地……」

喃喃自語的嘴巴突然停下，不知為何，提起「愛慕」二字時，腦海裡浮現的竟不是已故皇后的臉，而是一團模糊的身影……

「陛下，太子有事求見。」

一名寺人悄悄走到總領身旁說了幾句，高博點點頭，揮退前來稟報的手下，然後走到主子身旁，問。

「曜兒？快！快讓他進來。」

「遵旨。」

高博躬身退去，親自走向荷華殿外恭迎太子。

「修遠，你只見過曜兒小時候的畫像吧，跟你說啊，那小子現在長得可俊了，你族裡有沒有年紀相近的女孩兒？有的話咱倆就來結個親家。」

「年齡相仿的是有幾個，我回頭問問她們爹娘的意思，再呈個名單給你。」

「好，就這麼說定了。」

話音方落，便看見英姿挺拔的少年朝他們走來，畢修遠眼前一亮，無法想像多年前在畫像上嚎啕啼哭的男娃，竟已有了國之儲君的軒昂氣勢。

皇甫曜走到父王身旁，將彈劾官員的奏表遞予跟在一旁的內官總領，恭敬說道：「近來皇城內麥價異常飛漲的原因，杜飛已偕同平準官詳查完畢，呈上奏表彈劾治粟內史，請父皇審閱。」

皇甫檀自高博手中接過奏表，看了眼被彈劾的官吏名字，便將奏表交還給太子：「你做事朕放心，高博，傳朕旨意，明日起命大司農責辦此事，務必將治粟內史好好整飭一番。」

「奴才領命。」

高博躬身退出殿外傳達諭令，臨去前指了宋言入殿伺候。

荷華殿內，皇甫檀卸下君王的身分，拍拍身旁的座席，對著英俊的少年招手：「來，坐這兒。」

「久聞鎮遠大將軍風采，今日一見果然令人欽服。」

畢修遠並不起身，只坐在桌子後方拱手為禮：「太子過譽，修遠已非常韶國的臣子，禮數不周之處還請殿下見諒。」

當年遠嫁北虞國為后，未免爭議，已把大將軍的官印歸還朝堂，如今既以兄弟之邦的王后身分回來，實在不便對眼前的太子殿下行君臣之禮。

皇甫曜提起桌上酒壺，替畢修遠面前的酒杯滿上酒漿，又替自己滿上一杯，舉杯道：「禮儀存於心，不存於形式。無論您的身分如何改變，在曜的心中您就是父皇的同窗，是伯父之輩，請容晚輩向您敬酒。」

「好，往後你便是我的侄兒。」

畢修遠面露欣喜之色，同摯友之子舉杯飲酒，甚是開懷。

皇甫檀舉箸夾起盤子上的風醃臘肉，對著兒時玩伴重提方才沒說完的話：「如何，可有年歲適合的閨女，可以嫁進宮中做我兒媳？」

「兒媳？」

少年猛地轉頭，詫異看著父親。

「是呀，你年紀不小，也該娶妻生子延續香火。」

「謝父皇好意，兒臣不願娶妻。」

「你這孩子，莫不是害羞啦？」一向遲鈍的人沒有察覺身旁的人已勃然變色，仍舊絮絮叨叨地說著：「爹爹可等著你生個娃兒讓我當爺爺呢！」

沒說完的話，被少年突然起身的動作打斷。

皇甫曜面色鐵青站在桌旁，眼神中盡露痛苦之色，對著父皇和大將軍拱手：「兒臣還有事得處理，先行告退。」

話音方落便已轉過身，朝荷華殿外走去。

「曜兒？曜兒？」

對著兒子的背影喊了幾聲，卻無法阻止快速遠去的腳步。

「修遠抱歉，那孩子平時不是這個樣子的，我……」

不安地捏握自己的手指，替太子失禮的舉動向畢修遠道歉，常服下，心口處的地方，隱隱揪疼。

「……」

畢修遠望著快步遠去的背影，他沒錯看方才的眼神，太子眼裡的痛，是求而不得的苦澀，是愛而不得的心傷，是他曾經歷過的……那段過往……

然後收回目光，看向什麼也沒察覺的皇甫檀，嘆氣說道。

「你還是和從前一樣，夠笨。」

「哼！你又懂了。」

畢修遠將手橫過桌案，和小時候一樣揉了揉皇甫檀的腦袋，說：「檀檀啊，有些事，你怕是得認真考慮了。」

「什麼意思？」

不明所以的人，歪著脖子反問打啞謎的另一個人，後者卻只搖了搖頭但笑不語，換了話題說起他與北虞王的事。

◎ ◎ ◎

隔日

徹夜無眠的人，天色未明便已下榻梳洗，提著長劍行至廣明殿外的演武場，在熹微的晨光中一遍遍練著早已嫻熟於心的劍法。

演武場外，一抹人影緩步走近。換作平時，哪怕輕微的腳步聲都能被舞劍之人知曉，可今日卻因心緒繁亂，直到那人站在身後二十步之處方才覺察。

皇甫曜停下招式，本欲收劍入鞘，突然一記破空之聲自耳後傳來，偷襲的招式凌厲異常，讓人避無可避。若想舉劍格擋卻是遠不濟急，就在這間不容髮之際，少年卻側身避其銳氣，握在左手的長劍刺向敵方頸側，同時右掌發力推開朝自己襲來的殺招，左右夾擊，令敵人陷於斷臂或被利刃封喉的死地。

畢修遠略為詫異，唇邊卻已揚起欽佩的弧度，掌心一翻，方才在殿側折下充當武器的桃枝，滑過指尖落在地上，開口讚道。

「殿下這招『避其銳氣擊其惰歸』，可是出自孫子兵法？」

「大將軍好眼力，此招正是從軍爭篇中悟出。」

《孫子·軍爭》道：善用兵者，避其銳氣，擊其惰歸，此治氣者也。意指善用兵者，會避開敵人初來時的氣勢，待其疲憊時再給予重擊。

「沒想到畢某的這套劍法，竟在殿下手中別出心裁，著實佩服。」這套劍法，是以多年血戰沙場的經歷寫下，看似樸實無華實則招招攻擊要害，當年卸下官印後便將劍譜傳予宮中廷衛，故而劍招殘忍之處，便是在必要時令持劍之人捨己為主，以護陛下安危。卻沒料想太子身為國之儲君，竟學了這套傳予死士的劍法。

見太子將長劍收入劍鞘，於是問道：「殿下既學了這套劍法，就該明白我當年留下這套劍譜的用意。難道殿下打算同宮中護衛一般，在緊要時刻以性命維護陛下安危？身為國之儲君，首要維護的是常紹國的安穩，而非君王一人生死，怎麼，《太祖治國策》開篇第一章的道理，殿下不明白嗎？」

皇甫曜沉默片刻後方才回答：「明白，但我做不到。」

「為何？」

「我答應過母親，要保父皇一世平安。」

「即使面臨兩人之中必須捨棄一個的狀況，亦是如此？」

「是！」

「……」看了眼站在面前的少年，畢修遠垂下目光，神色凝重：「殿下只說了一半的實話，至於另一半，怕是因為倫常束縛，不敢宣之於口吧！」

哐啷一聲，少年握在手中的長劍猶如入秋枯葉萎落於地，砸在演武場的青磚上發出刺耳的聲響。

「殿下為何不肯娶妻、為何聽聞皇上賜婚便勃然變色，殿下不敢說的事，與微臣當年捨下大將軍一職，以男子之身成為北虞王后，理由相同。」

「大將軍……」

少年看著眼前的人，垂放身側的雙手因惶恐而顫抖。

畢修遠沉沉嘆了口氣，問：「殿下可是真心喜歡那個人？」

忽然想起楚維在辭官歸鄉前，曾差人送去北虞給他的書信……

信中，老丞相大讚太子聰慧，說其頗有太祖當年風範，唯嘆己身暮景殘光不久人世，否則真想看看殿下承繼大統後，能把常韶國打造得多麼輝煌，多麼強盛。

「曜」，日月光明為曜，有照耀與明亮之意。

然而越是耀眼的地方，在光亮投射不到的另一面，黑暗也越是深邃……

「是……」

少年仰起臉，閉上雙目，低沉的嗓音嘶啞且哽咽地回應。

這是他第一次，親口吐露藏在心中的祕密。

「他可知曉？」

「……」

少年抿緊脣瓣，搖了搖頭。

「既然喜歡，就不可勉強他接受你的心意。」

皇甫曜閉著眼，揪著心口處的衣衫，表情苦澀地說：「畢伯伯，我又怎捨得讓他為難。」

橫在他們之間的不止男子對男子的愛慕，更有親情倫常。

違背了，便是逆倫，是會遭受天打五雷轟的大罪。

「孩子……」

那聲畢伯伯喊得畢修遠心口一痛，心疼看著本該意氣風發的少年儲君。

當年他也面臨抉擇，卻能痛快選擇追隨自己的心意，無視旁人閒言碎語，如女子般遠嫁敵國。

既為兩境太平，更因為不想欺騙自己，欺騙早已愛上喀爾丹的那顆心。哪怕得將八旬的老母與畢氏一族百餘口留在皇城，以表絕不背叛常韶國的忠心。

也，值得。

然而眼前的太子殿下，面對的不只同性之間的相愛，更有倫理綱常的束縛。

不阻止，是因為身為過來人，明白情感若能阻止，一開始便不會萌生。既已萌芽，即便明知沒有結果，卻仍卑微地懷抱那殘弱螢光的希望……

希望能被幸福的眷顧，希望能與愛慕之人一生相守。

畢修遠跨步向前，將默默滾落淚水的少年擁入懷中，拍著他的背，鄭重允諾：「大婚之事，我會替殿下阻止，至於能否心想事成，就看殿下與那人的緣分。誠心期盼未來有一日，殿下能與心悅之人相愛相守。」

「畢伯伯……」

少年睜開眼，看著另一個人的臉，情緒複雜。

第七章　心悅君兮君不知

九州殿

「母后，朕還有摺子要批，先走了。」

「來，把這個帶去，本宮親手做的。」

太后喚來齊嬤嬤，讓她把皇兒最喜歡的小豆涼糕和另外兩樣糕點放入食盒，交給跟在皇帝身旁的高博。

「多謝母后。」

高博接過食盒退回皇上身後，皇甫檀對太后拱了拱手，喜孜孜地離開九州殿，剛在迴廊上轉了個彎就看見熟悉的身影。

「曜兒！」

欣喜地喊了聲，便瞧見一名沒見過的女子正和兒子說著話，雖瞧不見他面上的表情，可是從傳來的談笑聲，也知道兩人聊得十分投契。自己則像個局外人，隔著幾十步的距離愣愣看著美好如畫的一幕，直到女子欠身行禮，轉過身沿著長廊遠去。

「父皇？」

少年才回頭，就看見不知在背後站了多久的那個人。

「那位姑娘是？」

「曹氏繡坊之女，替其母將繡品呈予太后。」

曹氏繡坊有天下第一的美名，就連宮中繡坊也延請曹氏母女為師加強繡女的技法。太后尤其喜愛曹氏以針線為筆，將山水或市井民情入畫的繡品，九州殿內無論屏風、團扇，還是香囊、手絹，全出自曹氏繡坊。女子今日進宮，便是替腿腳有些不便的母親，提前呈上替太后賀壽的繡品。

聽著解釋的人卻聽得心不在焉，皇甫曜察覺眼前的人有些不對勁，於是彎低身體將額頭貼了過去。

「咦？」

還來不及回神，兒子的額頭就緊緊貼在自己的額頭，關心問著。

「有些燙，是不是發燒了？」

「……」

撲通！撲通！

親暱的舉動讓皇甫檀兩頰一熱，胸膛下的心臟不受控制地跳動。

「要不要傳太醫瞧瞧？還是我陪您回永延殿休息？」

「沒、沒事……我很好，我很好。」

慌亂地向後退了兩步，拉開太過靠近的距離，隨便找了個話題化解尷尬。

「曜兒也十九歲了，該是婚娶的年紀，爹爹瞧你和曹姑娘有說有笑，是不是喜歡人家？爹爹希望你能幸福，只要是你心儀的人，不分家世、不論門第，都能成為未來的太子妃。」

本以為這番話能讓兒子開心，畢竟從古至今的帝王之家哪有像他這般替孩子著想的父親，不求未來兒媳出身高貴、不求太子妃能在皇權上幫襯太子，只要他喜歡，就算平民女子也無所謂。

多麼通情達理！

多麼疼愛他的寶寶呀！

然而皇甫曜卻當場面色一沉，撇過臉把視線落在旁邊的柱子，語氣冰冷：「父皇若沒別的事，兒臣便先行告退。」

說完，便要轉身走人，卻被另一人著急地捉住手腕，不知所措地問。

「寶寶你到底怎麼了？是有心事？還是爹爹哪裡做錯惹你不開心？若有心事可以告訴爹爹，若是爹爹惹你不開心你可以說出來，可你……你別再甩頭就走了好不好？好不好？」

說出的每個字都像在自個兒的心口扎針，疼得皇甫檀皺起眉頭。

起初，他以為皇甫曜是因為朝政繁瑣，忙了也累了，所以無法和從前一樣時常來永延殿陪他；後來，越來越多事情證明，兒子有意避開的人，就是他。

可他不明白，一向無話不說的曜兒刻意迴避的理由。就像他不明白，總是圍繞著他轉的孩子，為何連不經意的碰觸都會冷著臉用手拂去。

皇甫檀捧著少年的臉，看著那張和自己有五、六分相似的容顏，然而得到的，卻是對方閉上眼，冷淡又疏離的一句……

「別碰我。」

「寶寶？」

「我說，別碰我！」

咬著牙，重複才剛說過的話。

「你到底怎麼了？」

「你不懂！你什麼都不懂！」

少年緊閉著眼，話語間有著不被理解的痛苦和沮喪。

「那就說清楚讓我懂！」

被冷淡了數月，卻無論怎麼探問都得不到答案的人，便是脾氣再好也會動怒，於是罕見地扯著嗓子，對已經比自己還要高大的孩子吼著。

皇甫曜用力呼吸吐氣，直到平緩波動的情緒，才握住父皇的手腕，將貼在臉頰的雙手輕輕拉開向後退去，退回父子該有的距離，對著站在面前的人行了君臣之禮，然後轉過身，離開九州殿外的迴廊。留下另一人站在原地，看著逐漸遠去的背影，發呆。

◎　◎　◎

隔日，顯德門

城南附近的隴右菜館，是個賣益州菜的館子。

益州向來多山崎嶇外人難入，有著不與秦塞通人煙的說法，因多山潮溼多瘴氣，故而慣以花椒入菜，久而久之也成就了獨特的菜色。總讓無懼「洶洶沸水血紅浪」的饕客聞香而來，只為品嘗一菜一格、百菜百味的益州菜。

「少吃點，否則等會兒又鬧胃疼。」

方桌旁，畢修遠用筷子的前端，打掉再次伸向辣子雞的竹筷。

「朕……咳咳，不管，我今天就是要吃，越辣越好，咳咳……咳咳咳……」

被阻止的人不但把竹筷再次伸向盤子，夾了塊香嫩的辣子雞，還用湯杓給自己盛上滿滿一碗的水煮牛肉，一邊擤著鼻涕一邊吃著麻辣嗆口的益州菜。

「唉。」

畢修遠看著不聽勸的人，無奈搖頭，很自然地從袖內暗袋拿出錦帕替兒時同伴擦去鬢角處的汗水，還用指尖替對方抹去沾在嘴唇的紅油。

「你找過曜兒對吧？」

皇甫檀挾了片牛肉放入口中，假裝不經意地提起，可那心虛游移的眼神卻騙不了人。

「嗯。」

另一人執起茶壺，替自己斟了杯沏好的茶湯，端起杯子抵在唇邊淺淺啜飲。

「他是不是和你說了什麼？」

否則原本說好會呈上閨女名單的人不會一反之前的態度，表示太子奉旨監國尚須磨練，不如將婚娶之事推遲幾年再做決定。

「怎麼？擔心我欺負你兒子？」

「笑話！」睨了眼隔著桌子坐在對座的人，冷哼一聲：「他沒欺負你，我這個當爹的就已經謝天謝地了，你沒瞧見自從他代領國政的這半年來，大臣們對他有多服氣嗎？你想欺負他？想得美！」

「那你問這做什麼？」

吃著水煮牛肉的人把嘴裡的東西嚥下肚子，擱下碗筷正色開口。

「昨日我在九州殿外遇到曜兒，見他與一名女子相談甚歡，便和他說未來太子妃的人選可以不問家世不論門楣，只要是他喜歡的人，都可嫁入東宮。可他聽完後不但不高興，還氣呼呼地走了，所以……所以……」

「所以你就想來問我，是不是知道些什麼，對吧？」

「對！」

畢修遠放下茶盞，看著眼前的人，問：「檀檀，你可曾真心喜歡過一個人？」

「當然，我和冉竹不就──」

回答的聲音戛然而止，皇后薨逝時，在汀蘭水榭吟唱《薤露》時的痛，直到今日依舊清晰，可為何在腦中浮現的已故皇后的容顏，與畢修遠說的「真心喜歡」，竟有扞格不入之感？

「這與我問你的問題有何關係？」皺起眉頭，反問。

「因為太子殿下已有心儀之人。」

「不可能。」

「身為父親，聽到這個消息應該高興的，不是嗎？」畢修遠瞇起雙眼，端詳另一人的反應：「可你脫口而出的，卻是『不可能』。」

「那是因為──」

反駁的話才說了一半，剩下的，卻堵在喉嚨無法說出。

「可惜了，堂堂儲君，卻愛上一輩子都無法相守的人。」

「不准你胡說，無論曜兒喜歡誰，我都會讓他們在一起。」

畢修遠抬眉看了眼坐在對座的人，重重嘆氣：「檀檀，你不懂。」

『你不懂！你什麼都不懂！』

瞬間，昨日才聽見的話，竟與耳邊的聲音重疊，累積數月的情緒就像被點燃的火藥，徹底爆炸。

磅！

「對，你們一個個都懂！就只有我不懂！」

向來好脾氣的人拍桌站起，就連凳子被翻倒在地上也不管，吼完這句話後，便紅著眼眶跑出菜館，恰巧與不久前被派去買甜品的寺人總領錯肩而過。誰都沒察覺，原本坐在角落的幾名漢子竟也站了起來，悄悄跟在皇甫檀的身後。

高博抱著裝滿甜食的竹籃走到桌邊，納悶地問：「大將軍，這？」他離開前不是還有說有笑，怎麼才過了一會兒，主子就和大將軍吵架了？

「快跟上，別讓他出什麼亂子。」

「遵命。」

聞言，高博立刻放下竹籃，領著暗衛追上不知跑去哪兒的主子。

一時衝動下衝到街上的人，很快便在錯綜複雜的巷子裡迷失了方向。平日裡身旁不是跟著高博就是跟著其他護衛，無論去哪兒都有人領路，這還是他打出生後頭一回落單。

本想著等思緒平緩後，再找個人問問該怎麼走回皇宮，卻繞呀繞地，把自個兒繞進前無通路的死巷。

剛轉過身想折回連通窄巷的大街，眼前卻突然一黑，脖子後面就傳來一陣劇痛，還來不及多想便暈了過去。

「本王倒要看看，讓王后又是擦汗又是抹嘴的人，是何等絕色。」

身材魁梧的大漢瞇著雙眼，語氣滿是醋意地瞪著被隨從接住的男子，怎知大漢才剛捏著對方的下巴扳正那張過於俊秀的臉龐，就發出古怪的聲音。

「怎麼是他？」

「大王？」以黑布蒙面的隨從，納悶問著。

「這個人，是……」大漢臉上有著藏不住的驚恐，吞了口口水後結巴回答：「常、常韶國的皇、帝陛下。」

「什麼？」

此話一出，六名隨從全都瞠大眼睛，見鬼似地看著昏過去的男子，其中一人膽怯看向策劃此番行動的首領，抖著嗓子問。

「大王，要不咱們把他給放了，就當什麼也沒發生過。否則若讓王后知道您綁了這個人，恐怕……恐怕……」

「閉嘴！」

大漢瞪了眼多嘴的隨從，本也想照屬下說的，就這樣把男子放了，卻又想起方才在菜館時畢修遠對此人百般寵溺的模樣，那可是連自己都不曾享受過的溫柔。於是念頭一轉，勾起算計的笑容，下了命令。

「本王自有分寸，把他帶走！」

「是。」於是隨從們扛著昏過去的常韶國皇帝，踹開門，衝進窄巷附近的小屋，扔下銀錢搶走那戶人家運送貨物和米糧的板車，把昏厥的人放上板車用草蓆遮掩，然後推著板車一路往北邊的崇光門而去。

◎ ◎ ◎

九州殿

「皇上被劫？」

太后表情清冷，坐在正殿上，平淡詢問的聲音卻比雷霆之怒更叫跪在地上的眾人冷汗涔涔。

「畢修遠，你如今貴為北虞王后，哀家動不得你，可你若還有曾為人臣之心，難道不該給哀家一個解釋？」

「修遠該死。」

畢修遠領著一班暗衛跪在九州殿上，朝太后重重磕頭。

一個時辰前，皇上氣沖沖地衝出隴右菜館，雖然立刻命高博跟上，卻忘了再過三日便是上元節，正是誰家正月能閒坐，忙著掛綢花懸花燈的日子。

家家戶戶不僅熱鬧非常，街道上更是人潮如水，有忙著張羅佳節的本地百姓，更有從他處湧入皇城的外地客，就為了瞧瞧皇城帝都的繁榮景象。所以高博雖然立刻追了出去，卻仍追丟了人，不知主子消失在哪個方向。

高博和暗衛分頭找了幾條街，好不容易探得關於皇上的消息，卻從那戶被劫走板車的人家得知，與皇上樣貌相仿的男子已在兩刻鐘前被一群蒙面壯漢綁走，不知去向。

於是返回隴右菜館告知情況，畢修遠聽完後臉色慘白，礙於北虞王后的身分，加上皇上失蹤之事不宜外揚，只能派手下前往大將軍府調用畢家的府兵，在皇城各處仔細搜索。

卻，毫無結果。

柳蒲霜鎖緊眉頭，沉聲下令：「來人，去請丞相來九州殿，還有太子。」

「是。」

立於一旁的年輕寺人隨即躬身領命，退出九州殿。

自楚維告老還鄉後，便由上官元堯接任丞相一職，若想對朝廷上下隱瞞此事，必得倚靠信得過的重臣協助。

柳蒲霜嘆了口氣，起身走向跪在殿中的男子，將他扶了起來，開口：「起來吧，哀家不喜歡殺人。皇上既保有你大將軍的尊榮，人也是在你眼皮子底下弄丟的，小修，你必須把人找回來，把哀家的檀兒找回來。」

畢修遠鼻腔一酸，對太后拱手而道：

「謝太后不殺之恩，微臣赴湯蹈火萬死不辭。」

此番回到常韶，他時刻謹記自己的身分，便是在皇甫檀面前也不以臣子自稱，卻敵不過太后喚他乳名的那句「小修」。

「哀家這就下一道懿旨，從現在起由你統領京城戍衛，以佳節將近、整飭城內宵小的名義全城搜查，凡進出昭旭、顯德、光化、崇光四門的所有人等，連同裝載物品的馬車箱子等，全部嚴加徹查，一有消息，立即報回宮中。」

「臣，領命。」

畢修遠朝太后雙膝跪地，額頭重重磕在九州殿的地磚，厲聲回應。

「祖母！」

銘黃色的身影隨著一聲呼喚，直直衝入九州殿內，臉上毫無血色白得駭人，皇甫曜才張嘴，就被祖母抬手制止。

「不急，還有一個人。」

與此同時，殿外傳來寺人通傳之聲。

「上官丞相覲見太后。」

「傳！」

「傳上官丞相。」

一人朝服端正，即便被急召入宮也不見慌亂，仍是那慢悠悠的步伐，不疾不徐地邁過門檻走入九州殿。明明剛過四十，可行事作風卻老成得像個八旬老者的上官元堯，便是常韶國如今的丞相。

方走進殿內，便看見一群人跪在地上，其中還包括多年未見的大將軍，心裡便有了底，定是陛下出了什麼事，否則向來溫和的太后不會如此動怒。

「臣，拜見太后。」

上官元堯剛要跪見，便被太后阻止。

「不必行禮，哀家便直說了，皇上被賊人劫持不知去向，不知何人所為，請丞相前來，就是不希望消息走漏以致民心不安。然而臨近上元佳節，畢修遠若想全城搜查還需丞相多加配合，直到尋回皇上。」

饒是再怎麼沉穩的性子，也被這番話嚇得瞪大雙眼，來九州殿前設想過各種情況，卻萬萬沒想到是有人劫走皇上。

「微臣明白，只是最近也是考核地方官員的時候，微臣實在分身乏術。」一旁，皇甫曜看向太后，拱手說道：「祖母，孫兒想舉荐一個人，必能替丞相分勞。」

「說！」

「嚴夫子門下大弟子，孫兒的師兄，杜飛。」

太后擰起眉心，倒真的想起太子自幼說起那位師兄時，滿心佩服的表情，於是看向上官元堯，道：「官員考核一事就交給杜飛負責，丞相當務之急便是協助大將軍，盡快查明賊人身分去向，把皇上平安帶回。旁人若有問起杜飛之事就說是哀家的旨意，其餘的，不必解釋。」

「臣，遵太后之命。」

皇甫檀看向上官元堯，說：「對於杜飛，丞相無需客氣，該賞該罰，無須顧念本宮的面子。」

「對於政事，臣向來賞罰分明。」

「多謝丞相。」

上官元堯看著本以為會亂了方寸，卻仍以國事與穩定民心為重的太子殿下，忍不住在心底讚嘆。眼前的少年，已有儲君的沉穩與擔當，這對常韶國的未來，是好事。

柳蒲霜轉過頭，對貼身宮女吩咐：「齊嬤嬤，把哀家的印璽拿來。」

「是。」

齊嬤嬤走回內殿取來印璽，在太后的授意下，當著上官元堯和畢修遠的面，將印璽交予皇甫曜，正色說道。

「太子，自此刻起，皇城內外一切事情，便由你全權負責。」

若無君王之璽，太后印璽一樣可內調宮衛外領軍隊，不讓宵小之徒起了覬覦之心。「孫兒領命。」

皇甫曜跪地叩首接下太后璽印，藏在衣袖下的掌心卻止不住地顫抖。

◈ ◈ ◈

急馳的馬車上，昏厥多時的人終於醒來，才剛睜眼就看見一名用黑布蒙面的魁梧大漢，露在黑布外的雙眼透著在哪兒見過的熟悉感。不等他詢問，對方便先開了口。

「真不知王后究竟看上你哪一點？不但扔下本王私自返回常韶，還留信要與本王恩斷情盡，本王……本王……嗚……」

與外表的粗獷不同，看似凶狠的男人越說越哽咽，最後甚至噙著哭音。

皇甫檀黑著臉看向蒙面大漢，道：「大俠你是不是認錯人了？朕……咳咳，我既不認識什麼王后更不認識你，看來是誤會一場抓錯了人，不如這樣，你把我放了，回頭我請你喝酒吃飯，如何？」

「哼！你說放就放，當本王好戲弄嗎？」

「不不不，你瞧我都被你捆得跟粽子一樣，哪敢戲弄你呀？」皇甫檀動了動被麻繩牢牢捆住的身體，解釋：「我真沒說笑，若是我朝……我家裡那群人知道你劫走了我，你真的會惹上大麻煩，大麻煩的。」

先不說小修那傢伙會不會把刑部六十六道酷刑全部在這人身上演練一遍，光想到太后和太子動怒的表情……

「唔……」

皇甫檀打了個冷顫，用悲憫的眼神看著坐在馬車裡的大漢，認真勸戒。

「大俠，知錯能改回頭是岸，放了我，你好歹能留個全屍，倘若被我娘跟我兒子抓住，那可真是剝皮抽筋生不如死啊！」

記得自己尚未登基時，有朝臣議論城武王亦是先帝之子又是太后親出，更有資格承擔國之重任。當晚，議論之人的舌頭就被暗衛完完整整割下，於隔日的大殿之上以金盤盛放，齊嬤嬤就這麼捧著金盤讓所有臣子看清楚那條毫無血色的舌頭，並傳達太后旨意，要眾臣以此為戒，再有悖逆先皇遺詔之言，就不只是割了舌頭那麼簡單。

曜兒也是，在桐廬山和嚴光學習的時候，因為鄉下孩子隨口說了句皇上是笨蛋，就發狠撲上去把對方打到見血。長大後更是如此，自己受委屈不打緊，卻容不得任何人詆毀他。

「嘿嘿，寶寶就是可愛，真可愛。」

想起兒子小時候的模樣，皇甫檀不自覺地露出傻爹爹的笑容，半點也沒有被人脅持的恐懼。

大漢氣得扯下遮掩面容的黑布，指著自個兒的臉，怒問：「說！你和畢修遠到底是什麼關係？」

皇甫檀盯著對方的臉瞧了半晌，總算想起此人的真正身分，於是哎呀一聲，露出笑容：「喀爾丹？是你啊？等等，連你也來常韶了，莫非——」

堂堂北虞國君，不好好待在他的王宮，卻在常韶國內喬裝江湖俠客，還用計劫持自己，莫非……莫非……

「你終於決定兵臨城下逼我退位了是不是？是不是？是不是？」

若非兩隻手還被麻繩綁著，皇甫檀早就捉著對方的衣領用力搖晃。

興奮啊！

激動啊！

老天爺，朕努力多年的夢想，終於要在今天實現了！

「並、沒、有！」

喀爾丹嘴角抽搐，陰著臉回答。

拜託，兩境好不容易得到太平，他才懶得起兵造反。

再說，和畢修遠新婚的那晚，王后就已立下毒誓，表示在他活著的時候，不許北虞的一兵一卒踏上常韶的土地，否則發兵之時便是他橫劍自戕之日。

所以他絕對不會造反，他還想和心愛之人恩恩愛愛白髮齊眉呢！

「呿！」皇甫檀撇了撇嘴，不爽地說：「既然不想造反就快點送朕回宮，否則惹怒太后和太子，咱倆誰都撈不到好處。」

「……」

原本此次祕密出行就是為了追回王后，就算要他下跪哭求也無所謂，可如今情勢逆轉，握有談判籌碼的人變成了他。

這下可好，修遠啊修遠，也該輪到你低聲下氣找本王求和，來換回你最在意的皇帝陛下了吧！

喀爾丹銜著皇甫檀勾起嘴角，陰險一笑，說了句：「失禮了。」

「咦？」

皇甫檀還沒來得及弄清楚這句話的意思，後頸便是一痛，繼窄巷之後第二次被人敲暈，陷入黑暗前忍不住咒罵……你他娘的！

於是，馬車在車夫的高超技巧下快速馳騁一路往北，向著北虞王宮的方向而去。

第八章 半道伏襲

兩個月後，北虞王宮

啪！

鉤弋殿上，呈奏的竹簡被砸向堅硬的青磚，喀爾丹面露怒意，喝斥跪在殿上的隨從。

「說！為何仍無消息？」

「大王恕罪。」

「滾！全都滾！」

「大王息怒，大王息怒。」

回報消息的宮人嚇得發抖，和其餘僕役迅速退至殿外，唯獨一人無懼君王的雷霆之怒，不僅不怕，還大搖大擺走進鉤弋殿，一面彎腰拾起被扔在地上的竹簡，一面不客氣地數落。

「被小修拋棄就拿旁人撒氣，幼稚！」

「你也沒好到哪兒去？還不是一樣無人搭理。」

被踩到痛處的人臉色一黯，卻仍嘴硬。

「誰說朕無人搭理？朕這是難得出宮遊歷，等玩夠本了自然會有人來接朕。」

北虞王抬眉睨了眼常韶國的皇帝，冷冷一哼：「別逞強了，我劫走你的消息早在出了崇光門的第五日就傳書給王后，還告訴他若想讓你平安返回常韶就得親自來北虞見我，否則本王絕不放人。結果不但王后沒出現，就連你口中說會帶你回去的太子也沒出現。哼，你和我一樣，在他們心中都沒那麼重要。」

六十多日的相處，他很肯定畢修遠與此人沒什麼說不清道不明的關係，便也卸下心防，時不時就和這位兄弟之邦的皇帝陛下鬥嘴吵架。

「笑話，朕還需要你放人嗎？你這兒好吃好住的又沒人嘮叨，朕待得可開心了，等曜兒來了朕還要拉著他多玩幾天。倒是你，寫那麼多信去常韶，小修連一封回信也沒有吧！誰叫你想迎娶後宮讓小修傷透心了，活該！」

「本王沒有！」

咯爾丹拍桌而立，抖手指向站在殿上的另一個人，眼眶逐漸泛出淚光，卻在長吁一口氣後，闔上眼簾頹喪坐回鋪著銀狐毛皮的王座。

「自從愛上他後，本王就只要他一個，什麼美人什麼子嗣，在本王眼裡通通不重要。」

臣子奏請立儲的想法沒錯，身為一國之君，自有他必須承擔的責任，包括留下能繼承王位的子嗣。沒想到王后竟在鉤弋殿的殿外聽見此事，連隻字片語也沒留下，獨自一人返回常韶。

可那人沒聽到他否決了立儲的奏疏，甚至嚴令不許任何朝臣再議此事，而他也打算再過幾年後，從宗室中揀擇失孤幼子過繼為世子。

得知畢修遠離開王宮後，便領著貼身侍衛一路南追，本想找到人後當面解釋清楚，卻在隴右菜館意外撞見小修和另一名男子舉止親暱，妒怒之下理智盡失劫走「姦夫」，不料那俊秀男子竟是常韶國的皇帝陛下。

為免衝動之舉演變成兩國交戰的荒唐理由，於是手書一封命手下將書信交予王后，心想小修為了此人，便是再有芥蒂也會返回北虞，如此一來既不必拉下臉面，又能見到心心念念的情人。怎知一個多月過去，捎去的書信竟如沉石入海毫無回音，難道多年相守相知，最後卻落到被愛人厭惡拋棄的悲哀？

「來人！來人！」

喀爾丹對著空無一人的大殿喊著，方才退至殿外的宮人渾身哆嗦走進殿內惶恐下跪。

「大王有何吩咐？」

「拿酒來！」

同樣等不到消息的人胸口一痛，本以為曜兒在得知自己被劫持後會不顧一切地追來，怎知直至今日仍杳無音訊，想起分開前他們之間的疏離，酸澀的感覺猛地湧上心頭，便也扯著喉嚨吼道。

「對！拿酒來！咱倆喝一場！」

喀爾丹踏上桌案，一個鷂子翻身落在皇甫檀的面前，推出掌心豪氣開口：「兒子不要你，兄弟要你，今日就喝他個痛快！」

「好！」皇甫檀擤擤鼻子，伸出手，朝對方的掌心重重擊去，仰著脖子回應。

跪在地上的宮人總算鬆了口氣，起身退至殿外，一會兒後端來烈酒送進鉤弋殿內。一君一王拎著酒盅喝個痛快，卻不知自己的舉動全被站在廊下的兩雙眼睛牢牢盯著。

◎◎◎

「喂，大鬍子我問你，愛……嗝……愛上一個人，是什麼感覺？」

男子成年蓄鬚乃北方民族的傳統，故而不拘禮法的人總用這個說法稱呼兄弟之邦的北虞君王。

喀爾丹拎著酒罈，一屁股坐在鉤弋殿的地上，瞧了瞧打著酒嗝的人，諷刺：「問我做甚？難道你沒愛過？」

「朕……」皇甫檀靠坐在通往王座的臺階，抬起眼皮子醉暈暈地看著坐在面前的人，改了口認真說道：「曾經，我以為對皇后的感情，就是愛……」

「那又為何問我？」

「可皇后故去時，我雖難過，卻不曾像你這般痛苦。」

這段日子，看著喀爾丹只因為與心愛之人分隔千里便痛苦如斯，頹喪酒醉之態，全然沒了二十年前捍衛北虞安寧，不惜與常韶大軍征戰數年，那位北方霸主該有的模樣。

當真一日不見兮，思之如狂，於是想起，畢修遠在隴右菜館問過自己的那句話……

『檀檀，你可曾真心喜歡過一個人？』

當時，他便覺得自己對皇后的情感，與摯友口中的「真心喜歡」有種扞格不入之感。

年紀較長的人看了眼比自己小了六歲的常韶國皇帝，仰頭灌下口濃烈的酒漿，用衣袖抹去嘴角的水漬，幽幽說道。

「愛上一個人，便是把自己的心從胸口剜出，放到那人手上；此後，你不再是自己的主人，想的、做的、顧慮的，樁樁件件都以那個人為先。便是被拋棄、被傷透，痛苦地收回了那顆心，可你的心，也已非從前的模樣。」

「剜心……」

提問的人蹙起眉頭，心頭滑過一絲酸澀，只因喀爾丹描述得太過殘忍，也……太過真切……

指尖撫摸著酒盅的壺口，猶豫片刻，才又開口。

「倘若有個人……愛上此生都無法相守的人，又是如何？」

男人仰頭看著鉤弋殿的梁柱，說：「當年荷華殿上，若你不願賜婚，小修不肯下嫁，那我終其一生都只會是北虞君王，而不是喀爾丹。」

「不懂。」

「一國之主，有他必須擔負的責任，捍衛北境留下子嗣，也許史冊上能留幾筆墨跡，可那樣的『喀爾丹』只是個沒有靈魂的軀殼——」喀爾丹閉上雙目，抬手揪緊左胸處的衣襟，痛聲續道：「可這兒，卻如風中柳絮，悲也零星歡也零星，空空盪盪……直至死去……」

皇甫檀眼眶泛淚，撐著臺階想要起身，只是才剛挺起半個身子便又搖搖晃晃倒了回去。

「不！朕絕不讓曜兒那麼痛苦！無論他喜歡誰，我都……都……都……」

話未說全，早已醉了九分的人身子一軟，就這麼仰著臉醉倒在臺階。

「哈！要比酒量，你怎比得過本、本王，哈哈……哈哈……嗝……」

拎著酒罈的人才得意地說了幾句，便也腦子一暈，仰躺在鉤弋殿的地上。

直到殿內再無動靜，緊閉的殿門才被往裡推開，走入兩名身穿鎧甲黑巾覆面的侍衛。一人快步走到喀爾丹身側，抽出配劍便要刺向北虞王的咽喉，卻見銀光一晃，本是避無可避的殺招竟被另一人橫劍擋下。

「此事由我一力承擔，請殿下息怒。」

擋下殺招的人雖說得恭敬，眼裡卻透著絕不讓步的氣勢。

瞬間，鉤弋殿上，劍拔弩張一觸即發。

就在此時，斜倒在臺階的皇甫檀突然坐起身子，睜開醉得迷糊的雙眼，對站在面前的那人張開手臂，樂呵呵地傻笑。

「寶寶你來啦！來！快給爹抱抱。」

指著喀爾丹的長劍自喉頭緩緩移開，撤肘退步回劍入鞘，拉下遮掩面容的黑巾轉身走向皇甫檀，屈膝跪地，將滿身酒氣的人攔腰抱起緊摟胸前，然後轉過身，對著以身體護住北虞王的那人冷聲說道。

「這筆帳，你我日後再算。」

畢修遠這才鬆了口氣，握住劍柄劍尖指地，對常韶國的太子拱手回道：

「北虞王后，靜候殿下賜教。」

「寶寶，抱……」

「睡吧。」

看著說完醉話，便又歪著腦袋在懷裡熟睡的父皇，皇甫曜一震雙臂，把人摟得更緊，眉間卻不由得皺起，似乎在隱忍什麼。

直到皇甫曜領著殿外隨從遠離大殿，畢修遠才把目光落回躺在地上酣睡的蓄鬚大漢。「你的帳，等醒來後，本后再好好和你算上一算。」

說罷，寵溺地揚起嘴角，蹲下身子將配劍委於鉤弋殿上，彎腰抱起身材壯碩的男子走回帝王寢宮，放上軟榻蓋好被褥，而後側身坐在床緣，看著那熟睡的臉龐直至天色明亮。

◎　◎　◎

搖晃的馬車內鋪著舒服的軟墊，緩緩行駛在返回南詔的大道。

山公倒載爛醉未醒的醉鬼，拍了拍被壓在腦袋下的「枕頭」，喬了個舒服的姿勢後滿足一笑，便又四仰八叉地睡去。

卸去侍衛裝扮的男子凝視枕在腿上的人，懸了兩個多月的心，總算踏實落下。看著與自己相似的臉龐，若說有誰天生就得了老天爺的寵愛，便是眼前酣然入夢的人。

尊貴的身分、遠離權謀的福氣、流芳百世的名聲，老天爺就像恨不得把世間的美好全都給他，便連歲月的刀斧也捨不得在這張臉上遺下風霜，明明三十有六的年紀，看起來卻不過二十五、六。

哐咚一聲，車輪輾過突起的石子，讓馬車重重一顛，本在發呆的人瞬間擰起眉心，掀開右側小窗上的布帘，喊著跟在馬車旁的隨從。

「宋言。」

「在。」

策馬跟在右側的寺人，一聽召喚立即回頭看向小窗，應聲。

「叫清理車道的人留意些，若再驚了父皇的好夢，杖二十。」

「屬下遵命。」

為了隱藏身分，此番同行的精銳護衛，皆以屬下自稱。

宋言頷首領命，一抖轡繩，將馬兒跑到隊伍前方，叮囑持帚掃去路上石子的護衛再謹慎些。

半個時辰後，醉意稍褪的人慢悠悠地睜開眼皮，聽著車輪滾動的聲音，看著映入視線的模糊臉孔，好一會兒後才反應過來，瞪著眼喊出那人的名字。

「曜兒？」

「醒了就自己坐好。」

「咦？」

皇甫檀看了看周遭的情況，這才發現自己竟枕兒子的大腿睡得香甜。

只不過被拋下六十多日的帳可沒這麼好打發，索性把雙手環抱胸前，鼓著腮幫子氣呼呼地質問。

「為何沒來接我？」

「你先起來。」

「偏不！」

「我腿麻……」

「好好好，我起來我起來。」

兒子才一蹙眉，耍賴的人立刻翻身坐起，還用手替對方揉揉被壓了許久的大腿。怎知馬車猛地一晃，於是整個人倒向右側，生生撞上皇甫曜的左肩。

「嘶——」

痛苦的抽氣聲，從少年的喉嚨發出。

「怎麼了？」

「別碰我！」

才剛伸出的手被另一人側身閃去，兩個月來的寂寞，因為這三個字決堤成撲簌落下的眼淚，對著皇甫曜委屈大吼。

「我到底做錯什麼讓你這般厭惡？之前不肯說，連我被劫了也不來找我，是，你長大有自己的想法，不要爹爹了，嗚啊……」

皇甫檀越說越難過，虧他看見寶寶的臉還那麼開心，既然惹人厭煩，那他走開還不行嗎？於是拉開車簾，不管馬車是否還在前行便要跳下車子。

車裡的人被這舉動驚得瞪大雙眼，想都沒想便用左手扣住那人的手腕，卻牽動尚未癒合的傷口，殷紅鮮血瞬間滲出覆蓋於肩頭的棉布，染紅少年身上的白衣。

「別攔我——」

怒氣沖沖的人本想甩掉握在腕間的手，卻在見到兒子左臂處滲出紅血後，對著馬車外的隨從大喊。

「停車停車！」

駕車的護衛當即停下馬車，始終跟在右側的寺人也立刻跳下馬背，正待開口詢問，帘子就被用力掀開，對著宋言質問。

「曜兒怎麼受的傷？是誰傷他？」

「主子……」宋言瞧了眼皇上的表情，抬眼看了看知道這件事情不該由他開口，於是接過護衛遞來的藥箱，悄聲詢問：「可否讓奴才先替殿下換藥？」

「對對對，你快上來。」

「是。」

皇甫檀跳下馬車，把不大的空間讓給兩人。

一會兒後，宋言提著藥箱和染著斑斑血跡的布條走下馬車，朝皇甫檀拱了拱手，壓低聲音稟告。

「殿下傷勢頗重，暫時可用藥物止血，主子若要責罰，還請等到安全返回常韶後再行處置。」

皇甫檀聽完後更加惱火，這孩子打小便是如此，若非大病大痛根本連吭都不吭一聲。要不是不小心撞到他的傷處，那小子還打算隱瞞到什麼時候？於是扭過頭，對坐在車裡的人，說。

「皇甫曜！你若不解釋清楚，爹爹今天就站在這兒，不、走、了！」

「唉……」車帘內發出重重嘆息後，開口：「好，我和你說。」

在宋言的攙扶下，皇甫檀踏著凳子走上馬車，剛掀開簾子就看見皇甫曜臉色蒼白靠坐車內，趕緊敞開腿坐在角落，還拿了個軟墊放在胸前，拍著墊子說道。

「來，靠過來坐，會舒服些。」

「可……」才剛開口的拒絕，立刻被另一人威脅。

「不過來，馬車就別想離開。」

哼！

朕可是一國之君，沒有朕的命令，看誰敢動！

「也罷。」

不想浪費時間爭執無謂之事，索性像小時候那般，挪動身子倒進爹爹懷中。

再次前行的馬車上，皇甫曜靠著軟墊躺在父皇胸前，解釋為何身受重傷，又為何收到喀爾丹的書信後，遲了數月才前赴北虞的理由……

原來自皇甫檀被劫走後，太后隨即下令太子掌政，封閉全城搜索徹查。本該熱鬧迎接上元佳節的皇城突然被命令只進不出，不僅商家不許營業，就連城內暗道陰渠也全被掀個底朝天。

卻，一無所獲。

就在所有人都不知下一步該如何時，畢修遠收到喀爾丹的書信，這才明白皇上為何突然失蹤。

偏生避坑落井，一樁事情剛有了曙光，便又傳來位於西南的勿婁發兵叩關，連下三城的急報。

勿婁趁著上元佳節發兵突襲定是暗中籌謀許久，領兵之人乃戰功赫赫的大將。如此情勢下，常韶若無善於速戰之人領軍，西南之亂只怕曠日累時，不僅邊境百姓性命堪憂，亦將動搖國之磐石。

眼前局勢，畢修遠雖是不二人選，可他如今的身分已是北虞王后，返回常韶的消息也不宜走漏，由他重披戰袍雖能弭平叛亂，可其後的結果也難以收拾。幾番琢磨下只能由太子親征討伐，加上曾以三年平定勿婁的畢修遠擬定攻克之計，一明一暗互為輔佐，方能在最短的時間內平息此亂。

於是皇甫曜領著援軍奔赴西南，費時四十日大敗勿婁，逼其交出三城退回南境，之後又馬不停蹄地與畢修遠帶領親信驅馬北馳。

這，便是二人遲了數月才趕往北虞的原因。

「……」

聽完解釋，皇甫檀自責看著那重新包紮的傷口。

沒想到他在北虞吃喝玩樂，和北虞王鬥嘴鬥得歡快的時候，最在乎的人卻為了保住常韶國的安寧浴血奮戰。

初次帶兵就要面對凶險的勿婁，當年就連鎮遠將軍畢修遠，也足足耗費三載才換來西南之地狼煙不興。

曜兒才多大啊？

十九歲的孩子，竟已替他擔下沉重的責任，保護子民，捍衛常詔。

不，不只這次。

早在幾年前，便接手批閱奏摺處理政事，從不說苦，從不喊累，優秀得讓他以為這些事情對太子來說輕而易舉。

可一國重擔，又怎會輕而易舉？

不過是曜兒知道他舒懶慣了，便把所有麻煩事攬到自個兒身上，壓著、扛著、撐著……

而他，卻在見面後的第一句話指責數月前的冷淡，沒有先問問，遲了許久的……

真正理由。

「疼不疼？」

垂下頭，止不住的淚水自面頰滾落，沿著下顎滴在少年的髮頂。

「撐得住，爹爹別哭。」

察覺滲入髮間的溼潤，皇甫曜抬起右手，輕輕握住爹爹環摟在頸間的手臂，微揚淺笑。

「誰哭了，我沒有。」

偷偷抬起右臂，用肩膀處的衣裳拭去淚水，倔強反駁。

「好好好，爹爹說沒哭那就沒哭。」

「怎麼是你來哄我，該是我哄你才對。」

「那你快哄哄我。」

皇甫曜噙著笑，閉上雙眼，將身子靠在父皇的胸前。

曾經，他執拗、渴望，想再靠近一步，卻在弩劍險些貫穿心臟的剎那醒悟。

即使在這個人的眼中，自己只是「孩子」，不會被當作「男人」看待；即使他們之間只有父子親情，不會有其他。

哪怕，他得看著父皇另娶新后。

哪怕，他得和並不相愛的人結髮夫妻誕育子嗣，延續常韶國的長治久安。

哪怕，他得成為御座上的空殼，頂著明君的皮囊殘喘此生。

哪怕，他的心，將一世空盪……

可如果自己的情，會成為傷害這個人的利刃，成為被世人口誅筆伐的銳箭，那他寧願守著純粹的父子之情，也不讓旁人傷他分毫。

「爹爹……」

「嗯？」

「其實之前……」

欲言又止地說了半句，馬車便猛地一震，停止前行。

來不及開口詢問，便聽見馬蹄之聲，本該負責探路的護衛急馳而來，在馬車前翻身下馬，跪在地上對皇甫曜驚惶稟報。

「主子，前方遭遇突襲敵方不明，還請——」

話未說全，破空而至的箭矢便已貫入後頸穿出咽喉，護衛臨死前還睜著滿是錯愕的雙眼，接著便身子一斜，側倒在乾糙的黃土地。

宋言見狀，當即一拍坐騎躍上馬車，與車夫互換了個眼神後，抽出腰間配劍斬斷聯結馬轡的繩索，掀開車帘對著車內二人說道。

「皇上和殿下快走，屬下負責斷後。」

皇甫曜起身抽走懸於車內的長劍，將皇甫檀拽了起來，略有不便的左臂緊緊攬在後者的腰側，對車夫命令。

「張晃，去找畢大將軍，能衝破你們的防衛，絕非尋常匪眾。」

「屬下遵命。」

同為共赴北境的精銳侍衛，張晃拱手領命後，旋即轉身跨上本用來拉車的馬匹，反向直奔北虞王宮。

皇甫檀被兒子攙扶著走下馬車，踏蹬上鞍，坐在宋言原本騎乘的駿馬，皇甫曜也上了馬背抓緊韁繩，將爹爹護在身前。

「駕！」

一抖韁繩，驅策馬匹遠離大道。

此番前來北虞只求盡快將父皇帶回常韶，是以隨身護衛雖各個精銳，卻也僅五十餘人，若想保命，唯有往山路而去。

雖不知偷襲者為誰，但眼下情勢敵強我弱不宜正面迎擊，既然暫無勝算，那便採取守勢藏於九地之下，先求自保，以待時機求取全勝。

劇烈顛簸的馬背上，馬蹄聲由遠而近逼來，頃刻間已有三名蒙面刺客迫近身後，發射弩箭欲殺二人。

換作平時，三人便是傾盡全力亦難傷到皇甫曜半分，可今日歷經險惡戰事在前，奔赴北境在後，日夜兼程千里馳援未有片刻休息，身上又帶著來不及痊癒的傷，是以刺客輪番出招，一人追在其後發射弓弩，兩人左右夾擊揮刀劈砍。

少年左手持韁右手握劍，既要擋開兩面殺招，又要閃躲來自背後的箭矢，體力支絀下漸露疲態，肩膀處的傷口再次撕裂，止不住的鮮血將才剛敷上的藥粉凝成塊狀，紅中染黃的液體染溼包紮的布條，漸漸透出最外層的衣袍。

可即便如此仍用盡力氣，以肉身為盾，護住坐在身前的人，不讓賊人傷他分毫。

駕！

駕！

吆喝之聲起落山道之間。

此次帶來北虞的馬匹皆是名駒，腳程亦是萬中選一，卻因為駝了兩名成年男子的重量，始終無法甩開追擊的刺客。於是心下一橫，趁著後方持弩之人更換箭矢的空隙，對著父皇附耳低語。

「爹爹可還記得圍棋十訣？」

「……」

專注看向前方的人不解地回過頭，只見少年眼中劃過一抹決絕。

「十訣之六，逢危，須棄！」

圍棋十訣，不得貪勝、入界宜緩、攻彼顧我、棄子爭先、捨小就大、逢危須棄、慎勿輕速、動須相應、彼強自保、勢孤取和。

十訣之六，逢危須棄，便是面對無法挽救的局勢時，該當機立斷，不浪費棋子以爭死活。

「你想做什麼？」

不祥的念頭剛閃過腦海，手心就被塞入操控馬匹的轡繩。

皇甫曜自腰間抽出一只竹管，塞進父親的衣襟之內，說：「若我護不住了，記得往山頂藏身，待一切平靜後便將示警煙花射向空中，大將軍若是見到便會前來救駕，其餘的……唔——」

話未說完，便被一柄長劍刺入右腹，雖當即揮劍回擊，將刺客斬殺落馬，可偌大的傷口卻也血如泉湧，赤目的鮮紅沿著駿馬的腹部，滴在揚起漫天塵土的山道。

「曜兒！」

轉頭看見這幕的人，痛聲嘶吼孩兒的名字。

奔馳於左側的蒙面人，正欲猛下殺招之際，皇甫檀鬆開轡繩，奪走皇甫曜手中的利劍，一拍馬背騰空躍起，接著巧勁一甩，長劍猶如暗器回旋飛出劃過刺客咽喉，復又轉回皇甫檀的面前被他輕鬆接住，翩然落回馬背。

疾風從逐漸滑落馬背的屍體呼嘯而過，揚起那人臉上的黑巾，只見一張流露欣喜之色的表情，永遠凝固在臉上。

狠辣的招式不只少年看得目瞪口呆，就連後方持弩之人亦被驟變驚詫得失了反應。

「駕！」

皇甫檀方落回馬背，立刻反手抓住皇甫曜的腰帶，夾緊馬腹一甩韁繩高聲呼叱，馬兒不愧上乘名駒，聽從命令撒蹄狂奔，眨眼之間便將刺客遠遠拋下揚塵而去。

第九章　絕處逢生

急促的馬蹄重踏在蜿蜒山間的小道，額角的汗水不斷滲過雙眉和睫羽滑入眼珠，即使扎得皇甫檀雙目生疼，眼白上盡是血絲，也不敢有片刻鬆懈。

忽地，貼在後背的重量明顯一沉，摟在腰間的左臂也鬆開手指向下滑落……

「曜兒！」

呼喚名字的聲音得不到回應，皇甫檀心下一驚，抓在兒子腰帶上的手指更加收緊，重咬嘴唇用疼痛找回該有的冷靜。

「有爹爹在，不怕。」

說罷，攥握韁繩眼神堅定，奔向吉凶未卜的前方。

不知過了多久，總算在布滿碎石與雜草的山道旁發現可容人彎腰而過的山洞，雖說山洞內可能藏有野獸，但眼下的情況已不容多想，只能讓馬兒放緩蹄子往那處走去。

行至洞口後，皇甫檀側身下馬，扶著已然昏迷的人趴在馬背上，獨自一人提著凝結鮮血的利劍步入洞內。心想假若發現猛獸，便捨了馬兒餵予那畜生，方能爭取時間帶著曜兒繼續逃命。

然而越往裡面走，越覺得蒼天保佑，洞裡雖有獸類存在過的痕跡，可眼見之處卻只有荒廢許久的情況，就連石壁和地面也毫無苔蘚，足見此地少有積水，不至於溼氣過重。

提懸的心總算安下一半，於是收劍入鞘返回原處，引領馬兒伏低身軀進入山洞。只不過駿馬高大，皇甫曜又失去意識無法動彈，試了幾次都無法將他順利抱下馬背。平時裡不曾覺察，如今這般折騰下來，才發現孩子竟長得比自己還高，身子也比自個兒沉上許多。

皇甫檀捉起袖子抹去額頭上的汗水，對著馬兒焦急說道：「好馬兒好馬兒，你就蹲低點，讓我把曜兒抱下來看看傷口好不好？」

不知是馬兒真能聽懂人話，抑或本就受過訓練，竟當真彎下膝蓋曲起腱子，緩緩朝地面跪去。

「乖馬兒，朕等會兒就去找最新鮮的草料好好犒賞你。」

見馬兒總算降低高度，方才還急得滿眼淚花的人總算收起眼淚，抓著皇甫曜的雙臂掛上自己的肩頭，勾住兒子的膝彎將他負在背後，反握劍柄以劍作杖撐住兩人的重量，一步步往更安全的深處走去。

止步在山壁前的人，先是蹲低身子將另一人安穩放下，然後脫下外袍鋪在地上，讓少年得以靠著岩壁稍作休息。

「爹……」

不知何時從昏迷中清醒的人，在籠罩洞穴的黑暗中，定定看著眼前五官難辨的輪廓，輕喚。

「醒啦？爹爹在呢！」

伸手撫摸少年的髮髻，回應的聲音和平時沒什麼不同，仍是滿滿的寵溺與溫柔。

『有爹爹在，不怕。』

想起意識喪失前，聽到的那句……

沒料到命懸一線之際讓他絕處逢生的，竟是本以為毫不會武的父皇，可那凌厲狠絕的殺招，又是何人傳授？為何從小到大，從未見過爹爹練功？

剛想開口詢問，洞穴外便傳來動靜。

皇甫檀在黑暗中悄悄站了起來，緊握劍柄，將長劍橫於身前，心想來者倘若是敵非友，便是拚了這條命也要護住曜兒周全，大不了死在這荒山野嶺。皇甫曜亦是同樣想法，挺起上身按住仍在滲血的右腹，打算拚死一搏。

二人雙雙屏住呼吸擴大五感，只見入口處七、八道黑影晃動，帶頭的那人在發現馬匹後，先伸手摸了摸馬轡，確認馬轡上刻著南詔國的圖騰後，才從懷裡掏出竹筒燃亮火摺子，激動地對著不見五指的山洞喊著。

「宋言救駕來遲，請皇上和殿下恕罪。」

原來追來山洞之人是宋言與一干護衛，負責斷後的他們在斬殺其餘刺客後，便沿著馬蹄痕跡一路找來，總算找到兩位主子的藏身之處。

「宋言？」

看著被火光照亮的臉龐，皇甫檀欣喜若狂，指尖一鬆，長劍委落於地，撞在地上發出噹啷之聲。

「快來！曜兒被刺客重傷！」

「什麼？」

宋言聞言一驚，將其餘護衛安排在洞外後，快步走到兩位主子的面前，放下配劍跪在太子身旁，舉著火摺子查看右腹處的傷口。

「可知道刺客的身分？」

確定前來的是自己人後，皇甫曜放下戒備靠在山壁，語氣虛弱地問。

宋言搖了搖頭，回答：「尚未清楚，不過伏擊的三十餘人已被我方全數剿殺，甯煜正領人檢查屍體，應該很快有結果。張晃已前往王宮求援，只是一來一往有些路程，大將軍最快也要卯時方能趕來。」

「現在什麼時辰？」

「子夜剛過。」

「……」

子時剛過，距離卯時援兵前來還有四個多時辰，尚不知敵人是否留有後手，據守此地等待救援是唯一活命的辦法，於是下令。

「以防還有埋伏，宋言，傳本宮命令就地休整，每半個時辰輪守一回，將馬匹藏於洞內不得生火，直到看見畢修遠的人為止。」

「遵命。」宋言自腰間暗袋取出以油紙包裹的藥粉，說：「殿下，事出突然，只來得及從藥箱拿了這些止血散，讓奴才替您……」

「給朕吧。」

「奴才去外面守著。」

宋言起身，將止血散呈給皇上後便躬身退去，返回洞口傳達命令。

皇甫檀屈膝蹲在皇甫曜的身旁，解去束縛的腰帶，將染滿鮮血的外衣逐一敞開，直到露出仍在滲血的傷口。

「唔——」

重重抽了口氣，因為除了被利劍刺出一指長兩指寬的傷口外，層層衣衫下，尚有十幾道新傷舊疤，而這，還只是胸膛和腹部，不敢想像後背處會是怎生的光景……

於是挽起外袍，嗤啦一聲將裡衣的袖子撕去，捲成布條纏在指尖，小心翼翼擦拭傷口附近早已乾凝的鮮血，然後顫抖著手打開油布，把藥粉撒上翻出嫩肉的傷口。

皇甫曜看著緊擰眉頭的人，習慣性地伸出手探向爹爹的眉心，一邊問著，一邊用指腹將堆疊的皺褶輕輕揉開。

「原來爹爹是會武功的，我怎麼從不知曉？」

「不會。」

「不會？」疑惑地，重複對才說完的話。

方才絕處逢生，將長劍化作暗器劃過刺客咽喉的殺招分明精準銳利，非是千錘百鍊而不可得，為何爹爹卻仍說他不會武功？

「老將軍就只教了我那一招，用完就沒了。」直到把止血散細細撒勻在傷處後，被問的人才抬起眉眼，看著和自己六、七分相似的臉龐，緩下緊繃的情緒，對著少年淺淺微笑，開口解釋。

原來當年畢淵老將軍還是太子太傅時，便看出皇甫檀的身骨不利習武，可身為皇子若無半點防身之法，倘若落入險境便是連掙扎活命等待救援的餘地也沒有。故而授以絕命一招，命其日日閉門苦練，此事除太后外，便只有陪著練習的高博知曉。

「原來如此，從前還以為爹爹關閉書房是在偷懶午睡，沒想到竟有這個祕密，咳……咳咳……」

話才說完，皇甫曜突然扭絞五官，神情痛苦捂著心口不斷咳嗽，原本失血慘白的雙頰竟泛起詭異的潮紅，就連呼吸也變得急促。

「曜兒！曜兒你怎麼了？宋言！宋言！」

本想敷了止血散後便無大礙，不料驟變乍起，站在洞口守夜的宋言聽見聲響，當即握住甯煜交給他的東西，領著一名護衛飛奔而來。

「殿下，韓晁得罪了。」

隨宋言前來的人名叫韓晁，年少從軍，曾在醫官帳下當過幾年僕役懂些藥理，此番北行本被派在前方警戒，不料突遭襲擊，負責墊後的他直至半刻鐘前才與其餘護衛會合。

於是告罪一聲跪在太子身旁，用指腹在傷口周圍取了些被血液凝成團塊的止血散放到鼻尖輕嗅。

「如何？」

宋言站在韓晁身後焦急詢問，後者起身退步，竟先舒了口氣後，才做回應。

「見血封喉。」

皇甫檀側頭看向年輕的護衛，心下一驚：「什麼意思？」

「啟稟陛下，見血封喉是一種長於西南的樹木，劃破樹皮後會流出白色汁液，汁液有毒，當地人常將它塗抹兵刃之上，如若劃開皮肉與血相溶，輕則肢體殘廢，重則……」

快速掃了眼君王面上的表情，嚥了口唾沫不敢再說下去。

宋言突然跨前半步，揪住韓晁的衣領逼他回頭，瞠目直視他的雙眼，驚恐反問：「西南？你說見血封喉長於西南？」

「沒錯。」

「宋言，有話……就說……」

皇甫曜隔著布料在右腿上狠狠地掐了一把，用疼痛壓下正在體內遊走的燥熱，喘著粗氣語氣凌厲。

砰！

宋言重重跪地，攤開握住某樣東西的左手，對二位主子稟報：「皇上，殿下，甯煜率人清理刺客的屍體時，發現其後趕來的同夥並不忙著朝前追蹤，而是跪在屍身旁割去死者左手臂上的皮肉。因為覺得古怪，於是出手將其中一人斬殺，這便是從那人手臂割下的皮肉。」

「……」

父子二人默而不語，等著宋言把話說全。

宋言捧著血液未乾的人皮，指著其上墨青刺成的紋身，嘴唇顫抖：「刺客左臂上的刺青紋樣皆是一隻攀附在大樹上的蟒蛇，露出利牙吐著蛇信。蟒蛇，是匆婁的標誌，張晃曾對奴才說過，他在戰場上刑訊過一名西南部落的將領，得知匆婁有一批直屬大王的死士，身分隱密手腳俐落，專門替匆婁王剷除異己，襲擊我們的刺客，應該就是這群死士。」

韓晁也瞧了眼那張人皮，指著被巨蟒攀爬的大樹，說：「沒錯，圖騰上的樹木正是見血封喉。」

意料之外的突襲，至此全部釐清。

想來勿婁王不甘戰場潰敗，於是起了暗害之心，派遣死士尾隨皇甫曜等人，直到從北虞返回常韶的路上才找到下手的機會。

皇甫檀看著隱忍難受的孩子，心疼追問：「既然毒性非死即殘，為何曜兒能支撐到現在？」

「這便是屬下略為安心的緣故，見血封喉毒性雖烈，偏巧殿下所用止血散中有一味曼陀羅。曼陀羅本就是藥是毒，正好抵銷見血封喉的毒性，只不過……」

韓晁停下解釋，看著皇上，有些猶豫。

「說！」

「只不過曼陀羅原是毒草，有產生幻覺和催情的作用，這裡荒山野嶺的，殿下今晚……很是難熬……」

話雖委婉，另外三人卻也明白其中意思。

皇甫曜看著父親的臉，眼神不受控制地隨著從頸側滲出的薄汗，一路滑落至鬆開的領口……

「嘶！」

突然驚覺自己的失控，便在腿上重重擰了一把，抿緊嘴脣，閉著眼按捺在體內竄動的熱流，對屬下吩咐。

「韓晁！去把馬轡割斷捆住我的手腳，在援兵抵達前，誰都不許替我鬆綁，若無傳喚，任何人不得進來。」

「是！」

宋言、韓晁二人互看了眼，領命退去。

韓晁走出山洞，片刻後手握牛皮揉成的韁繩返回原處，將太子的雙手束在背後，就連腳踝處也被牢牢綑綁。

◎　◎　◎

「唔……」

夜裡，皇甫曜渾身滾燙萬般難受。

曼陀羅的藥性與見血封喉的毒性如兩軍對陣彼此衝殺，伴隨肌肉止不住痙孿的，是在劇痛與高燙的熱度間，不斷在腦海閃現的渴望……

縹緲幻境中，一人身著白衣自青翠的竹林走來，三月桃唇齒如瓠犀，周身為輕煙薄霧籠罩，溫潤清雅舉世無雙。

「檀……」

喚著，只敢在夢中輕吐的單音。

「你來了，真好……」

燒得迷糊的人，用過於溫柔的眼神看向捧著水袋走來的另一人，心口彷彿被挑起的琴弦，悸動晦晦不明的琴音。

「來，喝口水解解渴。」

滾動的喉結嚥下慌亂的心緒，盤腿坐在少年身旁，勾起他的後頸，讓他靠在自己腿上。

雙手被反縛在身後的人，看著黑暗中辨不出表情的臉龐，苦澀一笑：「也只有在夢裡才能這般喚你……之前說你不懂，你還與我置氣許久，也冷了我許久，可你真的不懂，不懂你百般追問，那個讓我傾慕心儀之人，其實是你……」

「──」

提著水袋的指尖猛地一震，泉水自袋口處灑出，濺在少年的胸口，來不及用衣袖擦拭，便聽見低沉的嗓音，吐露更多「真相」。

「曾經以為這份獨占，與尋常父子並無不同，直到半年前你重病數日……」

那時，父皇突染時疾，昏沉數日不見轉醒。

不只皇祖母跪在宗祠焚香祈禱，就連太醫院上自總判院事、副使、判官，下至磨藥煎藥的僕役，也都輪流候在殿外，不曾歇息。

九日九夜，全是煎熬，彷彿架在爐上被炭火炙烤的不是瓦罐，而是自己的心。

直至第十日清晨高燒退去，總算落下擔憂的情緒，揮退醫官和宮娥，看著終於有了血色的臉龐，癱軟跌坐在榻旁。

害怕失去這個人的恐懼和安心後的狂喜，瞬間衝暈本就思緒紊亂的腦子，於是低下頭，吻住那對唇瓣，扯去繫在對方身上的腰帶，袒露養尊處優的身子，在胸口與下腹之間留下痕跡……

乍然驚醒。

不敢相信自己竟對生身父親有此遐思，於是倉皇起身，狼狽逃離帝王寢宮。原以為不過神智恍惚下的意亂情迷，卻在招來陪寢宮女後，證實方才的意外，並非意外。

「檀，為何我們是父子？為何？」

無視被縛於背後的雙手掙扎坐起，在黑暗的洞內將身子欺向另一個人，吻上那朝思暮想的唇。

「——」

被偷襲的人瞪大雙眼，沒來得及反應，柔軟的舌尖已悄悄頂開齒列，滑入口腔肆意探索。

身為男子，身為常韶國的君王，無論宮女侍寢或與皇后同房，從來規規矩矩照章行事，不曾經受這般挑逗，剎那間雙頰飛紅呼吸急促，慌亂得忘了要將逾越倫常的那人推開。

皇甫曜拉開身子向後退去，泛著苦澀的表情微微嘆息，道了句：「果然是夢。」

若不是夢，怎會允許這悖逆之舉？

但若是夢，就讓他任性地夢上一回，如那大槐安國的郡太守，與傾心的公主和和美美，槐樹根下南柯一夢。

於是將手指探入後背處的腰帶內側，勾出一條銳利的鋼絲，割斷繩索，如此精巧的機關還是師兄杜飛傳授給他，藏於腰帶內掩人耳目，卻能在被敵人捕獲時爭取活命的機會。

繩索鬆脫，委落於地。

重獲自由的雙手再也壓制不住翻騰的情緒，由著曼陀羅的藥性與見血封喉的毒性催化慾望，無視肩膀和腹部的傷口，粗魯除去自己的衣裳，鋪在粗糙的岩石地上，再一次覆上思慕之人的雙唇。

「曜兒，唔——」

皇甫檀驚呼一聲，未說全的話，被封堵在交疊的唇舌之間，結實的臂膀摟在後腰處，把他放倒在鋪著衣衫的地方。

黑暗的洞穴中，只剩下衣料摩擦的沙沙聲，與逐漸紊亂的喘息。

僵硬的身子起初仍在阻止與不阻止之間掙扎，本欲推開少年的手掌，卻在掌心碰觸到左肩處的傷口時，停滯。

『十訣之六，逢危，須棄！』

決絕的語氣，竟是要以肉身為盾，阻擋刺客。

『若我護不住了，記得往山頂藏身，待一切平靜後便將示警煙花射向空中，大將軍若是見到便會前來救駕。』

哪怕後有追兵，可對著他說話時，總是這般溫柔，這般寵溺。

明明爹爹疼兒子才是天經地義，可在他們之間，自己，總是被包容的一方。

輕抵在左肩處的手掌，改而去拍了拍少年的臂膀，皇甫曜停下親吻，看著身下的人。

「曜兒，你……很痛苦吧？」

滿腔的思慕無處傾訴，明明愛一個人卻註定不可得，日日夜夜的煎熬，這孩子究竟是怎麼度過的？

「我——」

聲方歇，淚水已撲簌流下。

「曜兒……曜兒……曜兒……」

皇甫檀心口一疼，抬手勾下少年的腦袋，把泣不成聲的孩子摟在胸前，喊著自己想了好幾個夜晚，才決定的名字。

這些日子裡，察覺了曜兒對自己的情感很不一般，只是究竟哪裡不同，卻仍茫然。直到再次看見這個人、看見肩上的傷、看見他為了自己連性命都不要的決絕……

一切的一切，終於清晰，終於明白。

年少時讀詩經，淇奧有云——

瞻彼淇奥，綠竹猗猗。

有匪君子，如切如磋，如琢如磨。

瑟兮僩兮，赫兮咺兮。

有匪君子，終不可諼兮。

那時就曾疑惑，得是怎樣的翩翩君子，方能讓人一見難忘。

如今方知，讓人思慕的並非君子，而是一個「情」字。

含著笑，扯去已被扯鬆的腰帶，扔在旁邊的地上，然後挺起上身，羞澀地在皇甫曜的嘴邊啄了一口，說。

「我們都活著，真好。」

皇甫檀用左手隔著衣衫貼著少年的胸膛，感受那因為自己的吻而劇烈跳動的心臟。才剛歷經九死一生，險些失去最重要的人，此刻宛如重生歸來，便是天下至寶都願捧來給他，何況只是這副皮囊。

反正自個兒本就是離經叛道的主兒，慫恿後宮亂政、慫恿朝臣結黨、慫愿將軍篡位、慫恿外邦揮兵，天底下就沒有他皇甫檀沒做過的荒唐，沒幹過的猖狂，既如此，那便多添一樁又如何？

貼在胸口處的手指，沿著少年多年習武鍛鍊出的結實軀體，緩緩滑向他的腿間，即使隔著布料，仍能感受到那處的蓄勢待發。

俐落解開暗藏鋼絲的腰帶，鬆開褲頭的繩結，從這孩子小時候起，自己就既為父又為母地照顧著他，原本被太后笑話四體不勤五穀不分，連穿衣用膳都是被人伺候著的一國之君，學著怎麼替兒子打理衣裳、學著怎麼給他梳理髮髻，還每晚抓著廚子討論隔日的饔飧兩膳（註2）要準備哪些食材，才能讓正在長身體的孩子能長得又挺拔又健康。

扯下皇甫曜的褲頭，握上硬挺的地方，堅定的眼神直視少年的雙眸，彎起嘴角，微笑哄道。

「有爹爹在，不怕。」

既然這副身體曜兒喜歡，那便給他。

註2「朝曰饔，夕曰飧。」一天中的第一頓飯叫「朝食」，稱為「饔」；最後一頓飯叫「餔食」，稱為「飧」。

什麼倫常，什麼君臣父子，通通去他娘的。

「……」

皇甫曜看著眼前如似夢境的一切，還有那個人對這份情感的回應，僅存的理智瞬間被毒性和藥性徹底潰散，不管不顧地用掌心包覆握住下身的手，來來回回套弄。

「唔……唔嘶……唔……」

亢奮的聲音迴盪在被黑暗籠罩的洞穴深處，皇甫檀也被這劇烈的刺激挑逗得雙頰潮紅，卻連一次也沒抬手阻止，而是看著少年痴迷的雙眸，將身體交付於他。

「檀……檀……檀……」

扯開爹爹身上礙事的衣褲，伏下身體親吻白皙光滑的胸膛，連疊呼喚的聲音，一字一字都摻著濃烈的情感。牙齒叼咬胸前的突起，用舌尖挑逗敏感的乳首，聽著身下的人因為自己的動作，或喘氣或呻吟的反應，勾起嘴角。

「曜兒……再來，該、該怎麼……」

包覆硬物的手被另一人的手指牽引，點燃彼此體內更加深層的慾望，這般隔靴搔癢的碰觸已無法緩解迅速攀升的熱度，可是男人和男人間該如何行房，皇甫檀卻是不知，只好紅著雙頰，羞澀問道。

少年被這問題問得忍俊不住，噗哧一聲笑了出來，牙齒鬆開被欺負得又紅又腫的乳首，挺起身子，鬆開包覆在下體處的手，握著爹爹的手探向褪去褲子後，袒露在微涼空氣中的臀丘，引領修長的手指，碰觸隱藏在臀縫間的祕地。

「男人和男人，得用這兒。」

「這？」

碰觸菊門的指尖猛地一縮，顯然被少年給出的答案嚇到。

「檀，你可願意？」

即便以為自己身在夢裡，也不願傷害爹爹分毫，於是小心翼翼地問著，然而這份膽怯，卻讓皇甫檀更是心疼，索性把心一橫，霸氣開口。

「來就來。」

只不過話剛說完就有些反悔，於是加了句。

「不過……不准弄疼我。」

得到允許的人，欣喜地低下臉，在皇甫檀的耳朵上親了口，貼著耳廓用低沉的嗓音保證。

「保證讓你舒服，不弄疼你。」

「嗯……」

年長的一方點點頭，放鬆身體由著少年擺布，少年將手指探入自己口中以唾沫溼潤，再將沾滿唾液的手指探向爹爹的臀縫，均勻抹在緊閉的菊門，然後緩緩按壓，直到指尖沒入後庭。

嚥了嚥口水，溼潤乾澀的喉嚨，用指尖緩緩鬆開……

「唔——」

異樣的感覺瞬間衝向腦子，皇甫檀仰起脖子洩出甜膩的呻吟。

臀縫之間的祕地宛如話本中被大軍叩關的城門，只不過敵人溫柔得很，也狡猾得很，越是不急著破門入關，越讓自己體內的情慾被撩撥得焦躁難受。漸漸地，乾澀的甬道泌出投降的黏液，遞出盈滿渴望的降書。

「曜兒，別、別磨蹭了……快……快進來……」

「嗯。」

隨著一聲鼻音，在體內摩擦的手指退出後庭，取而代之的是早已漲成暗紅的男根。皇甫曜一手扣住爹爹的腰，一手握著性器的根部，將硬物埋進渴望許久的地方。

「啊……啊哈……啊哈……」

大軍終於破關入城，扯下溫柔的假象，如出閘的野獸開始猛烈索求，肉體劇烈的撞擊夾雜雄性的嘶吼，聲聲迴盪在忘情相擁的兩人之間。

「曜兒你輕點，你輕點……啊啊、啊啊……」

「檀……檀……啊哈……啊哈……」

汗水淋漓，情意相通，最終在曼陀羅的藥性和見血封喉的毒性下，攀抵高潮，少年也在爹爹的體內，釋放。

皇甫檀躺在凌亂的衣服上，抱著癱軟在胸前的孩子，微笑著，溺在早被扯亂的三綱五常。

第十章　丹青明誓，永誓不忘

隔日

卯時三刻，奔赴求援的張晃果真領著畢修遠及北虞宮衛來到前一日被襲擊的地方，循著馬蹄踩踏的痕跡一路往山頂尋去，終於看見守在山洞外的甯煜與韓晁等人。

「屬下救駕來遲，請皇上責罰。」

張晃在五十步外勒韁停馬直衝而去，渾身溼透地跪在洞外請罪。

「檀檀！」

跟在後方的畢修遠隨之翻身下馬，本欲奔入山洞，卻被守在外面的宋言伸臂阻止。

「恕奴才無禮，太子嚴令，無召，不得入內。」

「他們可好？」

聞言，畢修遠定了定神，對宋言問，後者抱拳拱手，恭敬回道。

「大將軍放心，太子雖身中劇毒但幸無大礙，皇上也在裡面陪了整晚。」

眼前的人雖無官職，可這裡並非朝堂，畢家世代英烈忠貞護國，在常韶國子民心中，他仍是無可取代的大將軍。

「中毒？把話說清楚！」

「是。」

於是壓低聲音，將昨夜被勿婁死士突襲一事和盤托出。畢修遠越聽越驚，心下一涼，慶幸常韶國的皇帝和太子沒有殞命在北虞的地界之內，否則兩境難得的和平日子，怕是會從此中斷。

「修遠？」

忽聞一聲輕喚，站在洞口的兩人紛紛抬頭轉身，看向摀著腰拖著腳跟走來的另一個人。

「檀檀！」

男子併步向前，得知消息後的擔心與懼怕化作擁抱，緊緊抱住自幼熟識的摯友，抱住曾誓死效忠的君王。

皇甫檀露出苦笑，用手輕拍鎖住自己的臂膀，出聲討饒：「唔……小修你、你勒得我沒法兒呼吸……」

畢修遠撒開雙臂，看著面色有些蒼白卻無甚大礙的人，問：「沒事吧？」

「沒事，不過曜兒傷勢頗重，可有馬車讓他休息？」

「有，不過你們真的不考慮暫留幾日，把傷養好後再回常韶？」

皇甫檀搖搖頭，握住畢修遠的手臂，婉拒：「不了，再拖下去，太后和朝廷那兒你不好交代。小修，為免再生枝節，直至兩地交界之前，能麻煩你親自護送嗎？」

「說的什麼話，我親率宮衛前來，就是為了保你平安返回常韶。」

「多謝。」

畢修遠皺起眉峰，探出手，用指尖撚起對方被汗水貼在左頰的髮絲，溫柔攏入他的耳後，說：「你我之間還須謝嗎？再說下去，我可真要生氣了。」

「爹……」

一人自山洞深處走來，看著爹爹的後背，剛開口說了個字，便瞧見還有旁人，當即改了口，對站在洞口處的二人喊道。

「父皇，畢伯伯。」

畢修遠挪移目光，對著衣衫上沾染血跡的少年，說：「你身上有傷，我帶了醫官前來，一會兒讓他在路上替你換藥，順道把這身衣服換了。」

「多謝畢伯伯。」

皇甫檀刻意無視那落在背上的視線，面上閃過一絲異樣的紅暈，對著兒時玩伴問：「小修，你帶了幾輛馬車？」

「兩輛，一輛給你父子，一輛空車備用。」

「那便勞煩醫官照顧曜兒，我與你同乘。」

「……」

看著少年的慌亂無措，又看了看摯友閃躲的眼神和兩腿虛乏的模樣，加上宋言方才所說，太子身中見血封喉之毒，雖有曼陀羅的藥性相抵，卻仍一宿難熬。當年耗費三載換來西南之地狼煙不興，勿妻人在戰場上有哪些陰招他再清楚不過，因此見血封喉與曼陀羅混合後是怎樣的情況，他自然明白……

只是現下的情況是將二人平安送回常韶，於是應了聲「好」後，便安排醫官與皇甫曜同行，自己則和皇甫檀共乘一輛馬車，一路護送到兩境交界之處。

畢修遠站在官道旁，將此行攜來的駿馬和馬車交予常韶國的護衛，對掀開車帘看著自己的人道別：「檀檀，送君千里終須一別，我便送你到這兒，如若有事，捎封信來，我定幫你。」

「明白。」

馬車內，皇甫檀領首淺笑，應道。

說罷，鬆手帘落掩去離愁，令護衛繼續前行。

另一人佇立交界處抬首遠眺，直到再也看不見馬車，才踏蹬上馬，調轉馬首，朝北虞的方向而去。

◎ ◎ ◎

半個月後

「臣上官元堯，求見殿下。」

身著醬紫官袍的男子站在廣明殿外，讓候在殿外的內官入內通傳，片刻後，內官返回廊下，躬身說道。

「請大人入殿。」

男人舉步入內，走到桌案前，目光卻朝殿內各處左右張望，似乎在尋找什麼。

太子方抬起頭便瞧見這幕，於是詢問：「丞相在找什麼？」

上官元堯輕咳幾聲，面露尷尬：「敢問殿下，可曾看見杜飛？」

「杜飛？」皇甫曜坐在桌案之後，將毛筆擱於松花石硯，道：「師兄不是被派在大人手下辦差？是他做得不好？又或是他得罪您了？」

杜飛與他同樣師承嚴光，自幼便對精通各家雜學的師兄十分佩服，只是那人性子灑脫不喜拘束，若非贏了棋局立下五年之約，五年之內無論提出什麼要求，無論安排何等官職都需遵從。

勿婁一亂，先是親赴戰場，後又奔往北境，便將杜飛推薦予太后，替丞相協理朝政，分憂解勞。

上官元堯性格剛直，向來有一說一，即便坐在面前的是常韶國的儲君，亦是如此：「殿下，杜飛乃棟梁之材，便是與微臣意見相左，但只要有利天下百姓，便是讓臣採納他的建議也是理所應當，何來得罪之說？」

皇甫曜笑了笑，不介意對方的直言，又問：「那麼丞相為何如此著急，來問本宮要人？」

「因為——」

上官元堯面頰一熱，低下頭，把險些說出口的話嚥了回去，正好瞥見被錦布覆蓋的桌腳處露出一片衣角，顯然有人正縮著身體躲在太子的書案之下，於是板起臉，對太子，也對那藏身之人說道。

「既然杜飛不在這裡，那麼請殿下如果見到他，替微臣轉達一句話。」

「丞相請說。」

「從今往後臣可以不計較杜飛的行止規矩，但方才所提之事，還請他與微臣仔細說明，就、就連他開出的條件，臣也……也能接受……」

皇甫曜端詳上官元堯的表情，從來口若懸河的人，今日不知怎地，說起話來竟支支吾吾期期艾艾。

「好，本宮若是見到杜飛，一定替大人轉達。」

「謝殿下，微臣告退。」

直到上官元堯退出太子殿外，藏在桌子下的人才滿頭大汗鑽了出來，站在紫檀桌旁，撓著臉道。

「師弟謝啦。」

「你又做了什麼？」

杜飛一聽，像極了被踩著尾巴的貓兒，整個人跳了起來，慌亂辯解：「什麼『又』？明明是他看我不爽在先，處處刁難。一會兒嫌我官服不整、一會兒說我坐姿不端，連翹個腿喝個酒都被唸叨不停，比我成仙的老媽子還囉嗦。」

「他本就這般個性，你又不是第一天知道，怎麼，自詡八面玲瓏心，人說人話，鬼道鬼語的師兄，也有搞不定的人？」

「誰說我搞不定？要不是——」

要不是什麼，杜飛沒往下說，倒是臉上掠過一絲異樣的酡紅。

皇甫曜也不追問，只問：「不過丞相方才說的『所提之事』，究竟為何？」

「喔，那個啊！」

見師弟換了話題，心虛的人暗自吁了口氣，表情總算恢復如常，道。

「其實也沒什麼，不過是那傢伙說起豫州山多田少且多貧瘠，問起有沒有法子能將千里赤地變成沃野，讓百姓得以自足，無須年年倚靠朝廷賑糧。我便說起從前跟師父打賭，能在三年內讓桐廬山農民吃飽飯的事兒。」

「區種法？」

區種法係將長十八丈、寬四丈的土地分作十五町，在町與町之間挖出一尺五寸的凹道，如此便可算出該地每輪耕種能收穫多少糧食。

並輔以輪作之法，於五、六月時種下綠豆、小豆、胡麻，於七、八月時掩土埋之，看似浪費穀物，卻能讓荒蕪之地在三、五年後轉為良田。

「對對對！就是那個，不過這些年來我把從前的方法做了調整，比先前的更好。沒想到上官元堯才聽完，就激動地揪著我的衣領，要我把細節寫下來，然後……然後……」

「然後怎樣？」

「都怪我沒管住這張嘴。」杜飛打了自己一巴掌，耳根泛紅：「所以就說了如果丞相大人肯以身相許，別說抄錄細節，就算要我親自教人如何操作也成。」

他向來口無遮攔，即便面對太子亦是如此，沒想到上官元堯卻當場沉下臉，就在察覺不對，想撤回荒唐之語時，古板的人卻拽住他的衣領，扯下他的腦袋吻上他的脣。

瞬間，腦子一片空白，等回神時已奔出議事殿，被不會武功的人一路追到廣明殿外。

『就、就連他開出的條件，臣也……也能接受……』

想起上官元堯的話，杜飛面頰發燙，撓著臉，心慌意亂地問：「師弟，我該怎麼辦？」

終於明白畢修遠之前為何用那種過來人的眼神看著自己，於是嘆了口氣，站起身，拍拍杜飛的肩膀。

「師兄該好好想想，為何面對那個人時，做不到以一句『玩笑話別當真』撤回前言。」

「……」

杜飛茫然看著師出同門的太子殿下，揖了揖禮，丟魂落魄地跨過廣明殿的門檻。

皇甫曜則坐回椅面，執起擱於松花石硯的毛筆，繼續批閱自各部呈上的摺子。

◎ ◎ ◎

宣室

太子一身常服，屏退左右獨自前來，關於勿婁的處置，逾越了代理監國的權限，只能由皇上親自定奪，也想趁此機會，把擱了半個月的心事與那人好好談談。然而飄著書卷與松煙墨香書房，卻不見應該在此的某個人。

問了伺候的寺人，得知父皇在後院飲酒，便離開宣室，往院落走去。

宣室後殿，一襲碧水藍長衫的人，靠坐躺椅仰看頭頂明月。

高博站在旁邊伺候，看著已空了兩盅的酒壺，勸道：「陛下，少喝點吧，烈酒傷身。」

可惜仰看明月的人從來是任性的主兒，依舊拎著酒壺灌下入口綿、落口甜的汾酒，然後抹去唇邊水漬，對著寺人總管問。

「高博，朕是個好皇帝嗎？」

「是。」

抬眉，看向語氣肯定的人，又問。

「為何？朕明明什麼也沒做，不過祖上積德又有忠臣良將罷了。」

高博微微搖頭，鄭重說道：「祖上積德，也需守得住基業；忠臣良將所遇非人，亦動輒得咎壯志難酬。在奴才眼中，主子容人納諫虛己求賢，這才替常韶留下了有才有德之士，就連大將軍赫赫戰功，您也不覺得功高震主，每遇戰事總是全然信任交託，真正做到疑人不用，用人不疑。」

聽的人靦腆地撓了撓臉，再問：「那朕……算得上一個好父親嗎？」

「當然。」

皇甫檀喝了口酒，苦澀一笑：「可朕如今，卻想逃離父親這個身分。」

「主子……」

「禪位如何？禪位後朕便能逃離俗事，任遊天地江山。」

高博沒有回答，只說：「無論您想去哪兒，奴才都跟著您。」

「嗯。」

靠坐躺椅的人淡淡地應了聲後，闔上眼簾，任由清風拂面，伺候的人亦守在主子身旁，靜靜陪著。

卻不知這番對話，全落入另一人的耳中，扎痛了心。

「……」

皇甫曜嚥下苦澀，紅了眼眶。

原來自己的感情，卻將最愛的人逼得想逃，就連至高無上的皇位，也寧捨不留。

不！

他本該活在最耀眼燦爛的地方，無憂無慮，無拘無束，愛怎麼胡鬧就怎麼胡鬧。

就算得以一個人的離去，才能讓越界的孽情回到本該守住的位置，也不該是被莫名扯入其中的爹爹，而是行差踏錯的自己。

於是，默默後退，轉身走向太后起居的九州殿。

半個時辰後，九州殿的宮女匆匆奔來，卻被攔在殿門前，候在廊下的年輕內官聽見宮女告知的消息後，嚇得趕緊跑向後院，對高總管點了點頭，示意有要事稟報。

高博悄悄退至徒弟身旁，壓低嗓子擰眉斥責：「不是吩咐了，不許任何人打擾。」

「總管，齊嬤嬤派人傳話……」

年輕內官抬起手對師傅附耳低語，後者聽完後臉色大變，抬眼看向靠坐躺椅上的主子，說。

「知道了，讓傳話的人回去稟報，就說陛下即刻過去。」

「遵命。」

年輕內官銜命退去，離開小院，高博則走到君王身旁，對著已有七、八分醉的人低聲輕喚。

「主子……」

「嗯？」

「齊嬤嬤讓人傳話，說太子被太后罰跪在九州殿外，脫衣……受杖……」

博。

「什麼？」

本在閉目休憩的人，因為這句話驚訝地睜開雙眼翻身坐起，回頭看向高

脫衣受杖，非忤逆不孝之罪不可上施皇族。

太后向來寬厚，怎會突然嚴懲太子？

曜兒又是犯了怎樣的大罪，竟讓慈祥的太后如此大怒？

「快！傳輦！」

「是！」

「等等——」

焦急的人剛邁出腳步便立刻停下，鎖眉沉思片刻，復又開口。

「傳鳳閣內吏，朕有旨下詔。」

「遵命！」

雖不明白皇上為何改變心意，卻仍攙扶有些醉意的主子返回殿內草擬詔書，並派人前去職司草擬詔書的鳳閣，傳喚當職的內吏前來覲見。

宣室內，皇甫櫃坐在黃梨木的桌案後，看著綴以龍紋的銘黃綾錦，深深吐息數次後，才執筆蘸墨，謹而慎之在綾錦寫下力中藏稜的墨跡，最後蓋上

朱泥大印，將詔書收入紫檀木匣，交予匆匆趕來的鳳閣內吏。

「立刻將此詔傳發丞相與六部，於明日朝議頒布天下。」

「下官領命。」

內史顫抖雙手捧著木匣，銜命而去。

「走吧，去九州殿。」

「是。」

直至內吏遠去，帝王才擱下毛筆，傳輦前往九州殿。

◎ ◎ ◎

九州殿

殿外的空地，左右各十名內官手持長棍，輪流杖責脫去衣裳赤裸上身跪在石板上的太子。通往大殿的臺階前，太后坐在紫檀木的圈椅上，表情威厲地看著孫兒受此折辱之刑。

太后懿令下，內官們不敢手下留情，只得將一杖又一杖的長棍打在太子的背脊，打得結實的後背皮開肉綻血流不止。

「停輦！停輦！」

君王的步輦剛靠近九州殿的外殿，坐在其上的人立刻心急大喊，不等內官將步輦落於地面，便從半空躍下，併步奔至少年身旁，脫去外袍蓋在孩兒的肩膀，遮去鮮血淋漓的後背，也遮去赤裸的上身。

「母后！何至於斯？」

皇甫檀跪在太子身旁，抱著滿身傷痕的人痛心嘶吼。

太后目光凌厲，斥責：「檀兒，此事莫管。」

兩旁負責行刑的內官見皇上用身體護住太子，自不敢將長棍落在尊貴的帝王身上，各個面面相覷，懸著刑杖不知如何是好。

「無論曜兒犯了什麼錯都不該受此侮辱，請母后息怒。」

「不、該？」柳蒲霜瞇起眼眸，難得對皇兒動怒：「陛下這是在指教哀家？」

「兒子不敢。」

雖垂眉俯首，護著另一人的姿勢卻絲毫未變。

「你可知哀家為何親自杖刑太子？」柳蒲霜氣得發抖，指著跪在殿前空地的皇甫曜，勃然變色：「就因為他悖逆倫常，毫無悔意。」

「你……」皇甫檀鬆開圈住對方的雙臂，低頭看向挺直身體跪在地上的人，驚駭問道：「你都說了什麼？」

太后冷冷一笑，代替抿脣不語的少年，回答：「該說的，不該說的，他全對哀家說了。」

「……」

終於明白母后為何動怒。

為何令太子脫衣受杖。

再看看那左肩與右腰處，養了半個多月才稍微癒合的傷疤……

一處，是為盪平匇婁之亂；一處，是北虞遇襲，哪怕捨棄性命也要護他周全所留下。

「是嗎？全說了呀。」皇甫檀彎起嘴角，看著旁邊的人，眼神溫柔：「那你，後悔嗎？」

本是一聲不吭，咬牙直視前方硬受杖刑的皇甫曜，緩緩轉過臉，抬首看著比性命還重要的人，方才無論多痛都不曾皺過眉頭的臉龐，瞬間兩眼泛紅滾落熱淚，深情地說。

「不悔。」

皇甫檀笑了笑，寵溺又驕傲，問：「怎不問問我，我，後不後悔？」

不稱朕，因為在他面前，不是君王；不稱父，因為在他身旁，不想只做父親。

「你說，你想逃避父親的身分……」

迴避的眼神，啞著嗓子，重複不久前在宣室的小院，聽到的話。

『可朕如今，卻想逃離父親這個身分。』

『禪位如何？禪位後朕便能逃離俗事，任遊天地江山。』

「原來，你聽見了。」

凝視那張俊美又英氣的臉龐，終於明白一切的緣由。

難怪會來九州殿，將之前發生的事，將悖逆倫常的情意，對向來疼愛他的皇祖母坦白。

這孩子怕是傷了心，決定斬斷私情阻止自己禪讓，卻忘了這執拗的性子，傳承自誰？

若論倔強，天底下怕是沒誰能贏得了朕。

「母親打算如何處置曜兒？」

收回落在少年身上的視線，看向坐在圈椅上的太后，放軟語氣，問。

「杖責八十，廢去東宮之位，關入宗府反省自身，終生，不得出。」

「母親向來仁慈，為何不能網開一面？」

「哀家的話還不夠清楚嗎？他身為人子，竟與君父——」

顧慮還有旁人，便把與君父逆倫的後半句嚥了回去。

「如此大逆不道，難道不該嚴懲？」

皇甫檀目光堅定，再問：「倘若朕今日非要保下太子，您會如何？」

柳蒲霜半瞇眼眸，不可置信地看著面前的二人：「天地倫常，國有律法，哀家遵照先皇遺命，此生必須守護常韶國的皇帝，卻沒必要保護一個大逆不道悖逆倫常的孫兒。」

「曜兒沒有悖逆倫常，一切事情，皆是兒子心甘情願。」

「什麼？」太后聞言驚慌，掃視四周，對負責杖刑的內官與兩側的宮女冷臉喝斥：「全都退下！」

片刻後，九州殿前的空地，便只剩下祖孫三人。

「你說，你心甘情願？」

「是。」迎上太后質問的目光，堅定回答：「我愛他，以一個父親的身分，也以一個男人的身分。」

「——」

跪在一旁的人，瞪大雙眼看著父親，不敢相信聽見的答案。

柳蒲霜一拍扶手，從紫檀木的圈椅上站了起來，走到二人面前，指著太子，眼眶泛紅大發雷霆。

「荒唐！」

「你以為哀家不疼孫兒？以為哀家真捨得棄了從小看顧到大的孩子？可他做出如此逆倫之事，一旦傳揚出去，非但哀家救不了他，就連皇上也不得不將他賜死，折降庶人幽閉宗寺，是唯一能保他性命的方法。」

皇甫檀揚起嘴角，說：「母親，都說養子不教乃父之過，您若真要嚴懲曜兒，那便罰兒子吧！畢竟……倘若朕無同樣心意，又怎會讓事情發生？」

山洞那晚，藥性發作的人不是他，他是男人，仍有力氣推開對方，卻選擇鬆開抗拒的動作，甘作雌伏。

於是彎下腰，牽起少年的手，看著那雙清澈的眼眸，微笑。

「傻瓜，想逃離父親的身分，是打算以真心實意回應這份感情，無論發生什麼事，爹爹都與你一同面對，不拋下你。」

「爹爹……」

淚水，撲簌流下。

回握的手，與另一人的手指緊緊扣住。

柳蒲霜看著十指相扣的兩人，閉上眼，重重嘆氣：「孫兒的性命，哀家要保；皇上的聲譽，哀家要護；常韶國的基業，哀家也要守住。皇上就當今晚什麼也沒看見，什麼也沒聽見，一切罪過，哀家承擔。」

哪怕疼愛的孫兒從今往後，得無聲無息地活著；哪怕一手養大的兒子，會恨她一輩子。可她身為常韶國的太后，須以家國天下為重，便是再傷再痛，也必得如此。

「母親，您說您此生，都須守護常韶國的皇帝，是嗎？」

「是！」

這是她對著先皇與先皇后，以性命為籌的誓言。

皇甫檀撩起衣襬，重跪於地行叩拜之禮，而後抬首直面太后，目光堅定：「那便請太后遵照誓言，守護常韶國的下一任君王——皇甫曜！」

「你說什麼？」

不敢置信的眼神，瞪著說出這句話的一國之君，只見皇甫檀毫無猶豫繼續說道。

「兒臣在來之前，已傳鳳閣內官下詔禪讓，此刻聖旨已送達相府和六部，將於明日朝議頒布天下。」

「你——」

怎麼也沒想到，這孩子竟會下詔禪讓，用至高無上的皇位，護住他唯一的……

看著那雙從握緊後就沒鬆開的手，想起先皇也曾因深愛一人，散盡後宮。也想起，當先皇問她想要什麼賞賜時，怯怯說出自己最想要的東西——一個，與心儀之人擁有共同血緣的孩子。

不想爭搶，也不想母憑子貴，哪怕只得一夜恩寵，只要生下孩子，她這輩子也就圓滿。

先皇執拗，廢除三年一輪的「采揀令」，獨寵梵如雪；如今就連他的兒孫，亦執拗鍾情一人。

「哀家，老了……」

柳蒲霜闔上雙目，垂下清淚，對著跪在空地的兩人擺了擺手，然後轉過身，踏上通往內殿的臺階。

「老了……老了……」

聲聲喟嘆，聲聲緬懷。

原來，悠悠歲月間，她已老得忘了也曾年輕、忘了也曾執拗深情，老得忘了愛上一個人，縱使旁人覺得義無反顧，自己卻甚是幸福。

求仁得仁，不負痴心。

「多謝母親。」

望著太后佝僂的背影，滾落熱淚，然後握著緊緊互扣的那隻手，扶起被外袍罩住後背的太子。

「起來吧！自明日起，你便是常韶國的一國之君。」

「父皇……」

皇甫檀彎起嘴角，忍不住在少年的腦袋瓜子拍了一掌，取笑說道：「都當著太后的面承認這份感情了，還喊我父皇？」

「檀……」

少年紅著臉，羞澀輕喚。

自那夜起，便是夢裡也不敢喊出這個名字，只因這般親暱的稱呼，屬於情人，卻不屬於父子；可從今夜後，與眼前的人，是父子，更是執手偕老相伴終生的……

情人。

「走了，等會兒還得傳太醫來看看你身上的傷，真是個沒長進的小笨蛋，一個人傻呆呆地跑來挨打。」

嫌棄的話語間滿是心疼，於是一邊扶著自己的小冤家走回停放步輦的殿外，一邊嘮叨個沒完，最後還不合禮數地同乘帝王專屬的步輦，返回永延殿。

隔日，紫宸殿上，豐帝下詔禪讓，由太子繼位，皇甫檀則退居為太上皇。

朝堂之上，就連最是古板的丞相上官元堯，也半聲不吭地跪接聖旨，從頭到尾只說了一句，說是禪讓乃國之大事，臣等不敢忤逆聖意，然而遵從的儀典儀禮卻絕不能馬虎。

於是訂期九十日後，舉辦禪讓與新皇的冊封大典。

◎ ◎ ◎

永延殿內

「等等……等……」

「不等。」

濃情密意的二人，沒羞沒臊地脣舌交纏。

皇甫檀顧慮情人身上傷痕未癒，只能把對方推開，頂著已被撩得面紅耳赤的臉龐，阻止：「等你身上的傷好全了，再——」

再字之後的話太過羞恥，他可說不出口。

羞澀的反應惹得年輕的情人忍俊不住，勾起嘴角，側著臉在他的唇瓣上又偷了個吻，然後反問：「再繼續？」

皇甫檀難為情地啐了口，道：「我怎麼生養出你這不要臉的小兔崽子？」

「這就叫自作孽不可活。」

「敢說我兒子是作孽？找死嗎？」

掄起拳頭作勢揍人，另一人也配合地摀著腦袋，連聲討饒。

「不敢了不敢了，你兒子最棒，你兒子最棒。」

「這還差不多。」

過足戲癮的人滿足地點了點頭，突然想起一事，噗哧一笑。

「笑什麼？」

繼任為新帝，封號昭帝的皇甫曜，看著坐在床邊的人，問。

皇甫檀斜了對方一眼，微笑回憶：「笑你從前被我慫恿篡位，跑去找你母后，哭著問說爹爹是不是討厭你，想殺了你。卻不知那天晚上咱倆對著哭累後倒在床上呼呼大睡的你，笑了整整一晚。」

「原來還有這事。」

皇甫曜也笑了笑，小時候的事，有些記得，有些卻毫無印象。

「不過話說回來，我那『破而後立』的篡位大計，終究還是成功了！瞧瞧，你如今是常韶國的皇帝，而我，是從此不問世事的太上皇，多好！」

「不算成功。」

「什麼意思？」

得意的表情瞬間僵硬在皇甫檀的臉上，不解反問。

「你要我篡位，如今卻是自願禪讓，兩者大不相同，所以爹爹還是好好養生，好好活著，繼續您那尚未完成的夢想。」

爹爹愣住……

繼續愣住……

直到被情人再次用吻堵上了嘴，也還沒反應過來。

◎ ◎ ◎

六年後

「季兒，快來！幫爺爺扶梯子。」

已是知天命之齡的人，喳呼著被立為太子的皇甫季，在膳房內鬼鬼祟祟地做壞事。

「爺爺，您要喝酒就命人拿來，為什麼要跑來御膳房偷啊？」

「小笨蛋，這就叫做『妻不如妾，妾不如偷，偷不如偷不著』，讓人端來的酒哪有自己偷來的香？別囉嗦了，快扶好。」

「喔。」

小皇孫雖不明所以，卻還是乖乖聽話，幫爺爺穩住搭在酒櫃上的梯子，卻沒注意有一道黑影，正從膳房門口走了進來。

「妻不如妾，妾不如偷，偷不如偷不著？檀，你是想偷酒？還是想偷人？」

低沉的嗓音，當場嚇破爺孫二人的膽子。

「父、父皇？」

皇甫季一回頭，就被站在身後的父親嚇得臉色慘白。

站在梯子上的人也沒好到哪兒去，所幸年紀虛長幾歲，便是三魂嚇飛七魄，也能厚著臉皮跟那人打招呼。

「嘿嘿，曜兒是你呀。」

皇甫曜低頭看著太子，冷冷開口：「鎮日跟你皇爺爺胡鬧，罰你抄寫十遍《太祖治國策》。」

「十、十遍？」

「再多說半個字，加十次，還不去？」

「嗚……」

小皇孫跺了跺腳，委屈地瞪了眼拽自己蹺課的爺爺，趕緊溜出膳房，回去東宮抄寫最最囉嗦的《太祖治國策》。

「全都下去，不許任何人靠近。」

「是。」

候在外頭的內官立刻退開，離開前還很識相地替主子闔上門板。

膳房內，皇甫曜看著從梯子上爬下來的情人，一把摟住那人的腰，抬起他的下巴，寵溺問著：「這麼想偷人？那就偷我吧！我可是心甘情願被你偷走。」

「你說、說什麼傻話……」

被親兒子調戲的人老臉一紅，卻推不開那鐵圈般箍在腰間的臂膀。

「還沒喝酒就臉紅，那等會兒喝了酒，豈不更美？」一國之君勾起嘴角，壞壞一笑：「又或者咱們來試試，用下面的嘴，喝酒？」

「皇甫曜！你！唔……」

來不及出口的話，被另一個人的脣封堵在喉嚨。

沒過多久，曖昧的喘息和呻吟便從裡面飄出，直到兩個時辰後，渾身癱軟的人才被君王抱在胸前，走出準備御膳的膳房。

返回永延殿的皇甫曜，把熟睡的人輕輕放上枕榻，親吻爹爹的額頭……

『曜兒，答應母親，哪怕母親、太后、楚相，或其他人都不在了，你也要撐起常韶國的重擔，撐起能讓你爹爹胡鬧的太平天下，讓他這輩子都能無憂無慮、無拘無束，愛怎麼胡鬧就怎麼胡鬧。能答應娘親嗎？』

曾經，他答應母親，要保護這個人。

如今，他守護的不只是父親，更是一輩子的情人。

「爹爹，曜兒會護你一生，無憂無慮、無拘無束，愛怎麼胡鬧，便怎麼胡鬧。」

丹青著明誓，永世不相忘。

【完】

番外篇　歸亭

多年後

自皇甫擎於城南之役一戰成名，平息冬山國長達三十餘年的數方外患，帶兵攻入皇城斬下昏君的頭顱自立為王，改國號為「常韶」後，經太祖創建、世祖平叛、德宗弘風設教，政成人立、豐帝承續盛世至如今的昭帝。

常韶國彷彿被上天恩賜，不僅立國兩百餘年歷經五代君王，自德宗起更是穰穰滿家糧食滿倉，塗歌里詠百姓歡樂，史書上其他朝代的太平盛世都比不上它的璀璨光華。

沁心湖上的汀蘭水榭，依然有著未得允許不准擅入的規矩，只不過水榭旁多了個名為「歸亭」的八角涼亭，四周種滿紫藤，每年三月垂花如瀑紫霞滿樹，花朵似蝶濃蔭蔽日，坐於亭中乘涼賞花甚是神怡心曠。

「代虐以寬，兆民允懷，撫我則仇，虐我則後……」

歸亭內，年方六歲，被冊封為太子不過半月的皇甫季，握著筆桿轉了轉痠疼的手腕，復又提筆蘸墨，一邊看著攤開在左側的《德宗治國策》，一邊唸出對他來說頗為艱澀的文字。

「錯了，是『撫我則後，虐我則仇』。」

隔著楠木桌子搖著扇子享受清風拂面的人，出聲糾正。

「咦？」

皇甫季不信邪地看了眼書卷，書卷上果然寫著一模一樣的字句，於是抬起頭看向倚欄閉目的那人，眼神中滿是佩服。

「真的耶！皇爺爺可真厲害，連曾祖爺爺那麼長的治國策都背起來了。」

「那當然，爺爺從前光是《德宗治國策》就抄了不下三百遍。」

「三、百、遍？」

小太子嚇得瞪直眼珠，心想父皇不過罰他抄寫三遍他就很想哭了，沒想到爺爺被罰抄書的次數竟還多上那麼多。

皇甫檀單單睜開右眼，合起扇面，用扇柄在男孩的腦袋上輕輕一敲，說：「這就叫熟能生巧，三折肱而成良醫，朕抄了那麼多遍自然比你熟悉。」

皇甫季把毛筆擱在硯臺上，歪著脖子問：「不過爺爺，您為何會抄那麼多遍的《德宗治國策》呀？」

半百之齡的人收回扇子，銜著小皇孫笑了笑，道：「因為爺爺沒有你乖，老被太傅和你太奶奶處罰，所以你可要乖乖聽夫子和你父皇的話，明白嗎？」

「季兒明白。」

男孩乖巧地點了點頭，重新拿起毛筆，低下腦袋繼續抄書。

皇甫檀看著小孫子，想起五年前太皇太后病逝後，痛失養母的他悲傷出淚多，眼損不自知，以致病來雙眼暗，何計辨霧霏。

所幸皇甫曜早已代掌監國多年，故以此為由禪位新君，成了睡臥北窗下，偶遇涼風拂的羲皇上人，想去哪兒去哪兒，愛做啥做啥，還能含飴弄孫，逗逗可愛的小季兒。

「季兒。」

「嗯？」

皇甫季抬起臉，看著黑髮間摻了許多白絲的爺爺。

「爺爺有個心願，你替爺爺完成，好不好？」

「心願？爺爺的心願是什麼？」

「爺爺想看你篡奪你爹的皇位。」

小太子歪著腦袋，問著他聽不明白的詞彙：「篡奪皇位？那是什麼？」

「不懂沒關係，反正你長大後自會明白，總之你先答應爺爺，可好？」「好呀，只要是爺爺喜歡的東西，季兒都答應您。」

「來，拉勾。」

「嗯，拉勾。」

鬢髮華白的人對著男孩伸出右手小指，露出賊兮兮的笑容；男孩雖然仍不理解那幾個字的意思，可他很喜歡爺爺，只要爺爺希望他做的，他就去做。於是也伸出手，用小指勾上爺爺的小指頭，一邊搖晃手臂一邊說著。

「拉勾吊錢，百年不變。」

「季兒真乖。」

計謀得逞的人，鬆開手，摸摸小皇孫的腦袋，樂呵呵地說著。

然後閉上眼簾，將摺扇放在胸前，枕著八角亭的柱子，在紫藤花香中沉沉睡去。

宣室

總算把《德宗治國策》抄完的皇甫季，抱著抄寫好的紙張從汀蘭水榭來到宣室外，剛跨過門檻就被人掐著胳膊架至半空。

「又被罰抄書？」

杜飛把小皇孫舉得老高，他如今已官拜御史大夫，負責監督百官執行律法，位同副相，協助丞相上官元堯打理政事。

皇甫季低頭一瞧，看見舉起自己的人是杜飛後，露出甜甜的笑容，開心喊著：「夫子！」

「別！別喊夫子！微臣是因為拗不過你父皇才勉強教你讀書，可不想在御史大夫之外又加上太傅一銜，所以殿下還是喊我杜哥哥吧！」

伏案批閱奏摺的帝王抬頭睨了眼說話的人，出聲嫌棄：「不要臉。」

「怎麼就不要臉了？」

「朕與你同輩，讓季兒喊你哥哥，師兄莫不是想占朕的便宜？」

「臣只是不想被人喊老了。」杜飛換了個姿勢把小皇孫摟在懷裡，忍不住抱怨：「臣的頭頂上已經有個古板透頂的丞相大人，成天指正儀容規矩不說，就連公文也被嫌棄字跡不端筆畫誤謬。拜託，公文這玩意兒能看懂就好，字寫得好看是能讓百姓多兩口飯吃？還是能少些災禍？」

皇甫曜指著桌案上杜飛才剛呈上的奏疏，搖頭：「可也不能寫成這等鬼畫符，師兄可知道，御史臺的新任官員走馬上任的第一件事是什麼？」

「什麼？」

「是得先學會看懂他們御史大人的鬼畫符，畫的是怎樣的內容。」

豈料杜飛面上卻毫無愧色，道：「你瞧瞧，既然學了就能看懂，那還逼我寫得公正做甚？」

「唉……」桌案後的人嘆了口氣，說：「難怪師兄與上官大人水火不容。」

身著一品紫衣官服的男人聽了這話，像隻被踩到尾巴的貓兒，跳腳喊冤：「是上官元堯處處看我不順眼，我對他可是恭恭敬敬負弩前驅，只差沒有日日供上三炷香喊他一聲老祖宗。」

「誰讓你總沒正形，上個月不知是誰在督察院開小灶烤全羊，還把大司農要呈給朕的稅制起草燒個精光？」

旬燁只不過想徵詢杜飛對新式稅制的想法，豈料對方看完草擬後卻抬手一扔，扔進火堆，辛苦數月的成果瞬間成了烤羊肉的柴薪。據督察院的官員轉述，當時大司農臉上的表情說有多精采就有多精采。

杜飛撓撓臉頰，嘿嘿乾笑：「所以臣後來不是親自去大司農府上負荊請罪，還替他重定稅制了嗎？」

比起旬燁依循舊例以戶地為主，杜飛卻以貧富為徵稅標準，連居無定所行商也能以每年營收計錢定稅。

更進一步採取量出制入的配賦制，於每年歲末之時估算各項經費開支，以定來年徵收總額，且允許折錢納物，將豐帝時推行的新式錢幣，加速其推行與流通。

配稅制一出，不僅試行的州郡為之折服，就連曾經氣得想要痛揍杜飛的旬燁亦讚嘆連連，帶領全國官吏推行新政。

「杜哥哥杜哥哥。」被架住胳膊舉在半空中的皇甫季，扯了扯杜飛的袖口，認真問著：「篡位是什麼意思呀？」

「蒜味？」

忙著對師弟訴苦的人一時沒聽清楚，以為小皇孫是在說哪道菜色，卻瞧見男孩搖搖腦袋，把說過的話咬字清楚地重複了遍。

「不是蒜味，是——篡、位！」

總算聽明白的人被這二字嚇得不輕，當即彎腰把小皇孫放回地上，面色鐵青地開口：「殿下怎會問、問起這個？」

「爺爺說他想看到季兒篡奪爹爹的皇位，還和季兒拉了勾，要季兒替他完成這個心願。」聽見足以夷三族的大逆言論，饒是天不怕地不怕的御史大人，也不由得抹了把冷汗，朝著坐在桌案後的皇帝拱了拱手，道：「微臣忽然想起督察院尚有要事，先行告退。」說完，立刻腳底抹油逃出宣室，溜得不見人影。

皇甫曜含著微笑，起身走到男孩身旁，蹲身與之平視，喚來宮娥捧來盛水的銅盆和白絹，將白絹浸入涼水後擰乾，替兒子擦去小臉上的薄汗。「你皇爺爺在何處？」

「汀蘭水榭。」

「傳朕旨意，明日免去朝會，至午時為止除高公公與宋言，不許任何人靠近汀蘭水榭。」

「季兒明白，爹爹放心吧！」

靈動的眼睛透著狐狸崽子的狡黠，小太子衝著父皇眨眨眼，回應。

「季兒真聰明。」

同樣狡猾的笑容掛在一國之君的臉龐，雖無血緣卻更勝血緣，沒有史冊上皇家之人的猜疑忌憚，有的，只是尋常父子的親暱與寵溺。

◎　◎　◎

汀蘭水榭

年逾七旬的老寺人身著宮服，撐著竹篙緩緩擺渡船隻，將皇上送往位於沁心湖的水榭。年邁的他本該領了俸老銀返回家鄉，可自打九歲進宮，大半輩子都在宮裡生活的他，焉有故里可歸？

幸得太上皇恩准免他粗活，只需守著這艘小船，讓喜愛汀蘭水榭的太上皇得以時時往來沁心湖上，便可在宮中領得月例直至終老。

所以每日，他只需在岸邊等待貴人駕臨，將其送往彼岸，然後返回，貴人們需要用船了，自會有人在水榭那頭揮舞顯眼的紅旗，他便再將船隻擺渡過去。至於水榭所需美酒佳餚，自有宋總領或高公公另擇年輕寺人以備用船隻送去。

至於他，只需負責主子們的平安即可。

「陛下，昨兒夜裡落雨棧橋地滑，還請留意腳下。」

船頭靠在以木板搭建的棧橋，老寺人將船隻打橫，方便主子上橋，想起昨夜頗大的雨勢，於是提醒。

「好。」

皇甫曜淺笑回應，婉拒老寺人伸來要讓他攙扶的手臂，獨自登上棧橋。方抬頭，便見水榭四周瀑布般自枝頭傾瀉而下的紫藤花串，被紫藤圍繞的八角亭內，一人以肘憑欄支著腦袋，在絕美的景色間閉目沉睡。

那人身穿碧水藍的長衫，襯著修長的身子，恍若舉跡倚松石，談笑迷朝曛的仙人，即使年過半百仍是齒如編貝、脣如激朱。

原本守在歸亭外的高博見皇上到來，恭敬地福了福身，便識趣地退到不會打擾到兩位主子卻又能聽見傳喚的地方。

「既然睏了為何不去樓裡小憩？若是染上風寒，看我會不會讓太醫在你藥裡放黃連苦死你。」

移步入亭，坐在那人身旁，挽起已泰半白絲的長髮，心頭一痛，出口的話也說得刻薄。

「是『朕』，不是『我』。」

看似熟睡的人依舊閉著眼，彎著嘴角糾正如今的皇帝陛下。

「天底下最沒資格對我說教的，就是你。」

皇甫曜聽了這話莞爾一笑，鬆開纏繞白髮的手指，舒開雙臂將那碧水藍衫的仙人摟入懷中。

「下次再這樣睡在風大的地方，就逼你喝放了三倍，不，是放了五倍黃連的湯藥，不准加蜜加糖。」

皇甫檀睜開眼，知道對方是真生氣了，於是用臉磨蹭另一人的面頰，噙著笑，問道：「你捨得？」

「為了讓你長命百歲，捨得。」

「真不好玩，若是換成季兒，便是加了五倍的黃連，也會哭著鼻子說要幫我喝光湯藥。」

「別在我面前提起別的男人。」

忍不住在那人後腰處輕擰了一把，挾著醋意威脅。

「疼！」皇甫檀扭著腰躲開欺負人的手指，嘴角卻不自覺地染上笑意：「幼稚，連自己兒子的醋都要吃。再說季兒不過六歲，根本算不上是男人，你這醋也吃得忒沒道理。」

「不管，反正你是我一個人的。」

被嫌棄的一國之君把情人摟得更緊，霸道宣示。

「好好好，我是你一個人的，就像你也是我一個人的，行不？」

「這還差不多。」

鬢髮半白的人拍了拍輕摟腰側的手臂，安撫比自己小了十七載的情人，問：「餓了沒？餓了的話我讓人把晚膳送來，我們去屋裡吃。」

「不餓。」

皇甫曜把臉埋進情人的肩窩，聞著那碧水藍衫上沾染的淡淡梅香。這是他特意命製香司尋遍天下製香之法，終於得到的民間祕方。

需將黃梨老根磨碎成粉，取龍涎香粉末與冬季綻放的紅梅搗成泥狀，混以松香和蜂蜜捏成香塔，使用時以竹片編製的薰籠點燃香塔後將衣裳覆於竹籠之上，籠內盛以水盤，待白煙上浮，便可將香氣滲入布料。

一切繁瑣，就為那人真心一笑。

只一笑，再是繁瑣也都值得。

「季兒說他與你拉勾立誓，答應長大後要篡奪皇位，這把戲你從我小時候起玩了幾十年了，還沒玩膩？」

「哼！要不是你小子不配合那破而後立的遠大計畫，我又何須在寶貝孫子的身上動腦筋。」

「也罷。」皇甫曜微微一哂，鬆開環摟在後背的雙臂，揚著笑，深情看著那宛若仙人的容顏，道：「那你便活得長久些，看看季兒究竟是聽你的？還是聽我的？」

說著，便將人抱起，讓他面對面地坐在自個兒的腿上，一手環在對方腰後，一手熟練地解去以綷絲編織的腰帶，勾下那襲碧水藍的長衫，看著長衫自肩頭滑落，露出大片白皙的胸膛。

「真美……」痴痴地讚嘆了聲。

打小時候起便知道自己長得好看，本以為傳承自母親，卻在相貌舒展開後，發現無論五官還是臉骨全是父親的模樣。若說兩人有什麼區別，便是爹爹的眼神多了分如玉般的溫潤，而他的眉眼卻總有看破人世涼薄的疏離。

就連師傅嚴光也忍不住嘆道，說他明明生來無憂，為何對人總存戒備之心，倘若真的生在陰謀詭譎的皇家，興許能成扶傾亂世之梟雄，卻絕對做不了延續太平盛世的明君。

皇甫檀彎起眼尾，曲指輕彈兒子的鼻梁，微笑問著：「小笨蛋，笑什麼呢？」

「既見君子，云胡不夷；既見君子，云胡不喜。」

看著心儀之人，心中怎無波濤？怎不歡喜？

本以為這份情感永不見天日，然而眼前的人卻接受了，不僅接受悖德逆倫的關係，還對著列祖列宗說出就算被天打雷劈，也不後悔這段情緣。

「檀……」

低沉的嗓音，喚著已然上身赤裸的情人，手指更被眼前的景象蠱惑，迷戀撫摸著光滑的肌膚。

「你……無賴……唔……」

皇甫檀被那聲輕喚喚得腰肢酥麻，因為習武而粗糙的指腹揉弄著胸前的凸起，害他才剛出口的責備瞬間變成染著喘息的撒嬌。

「檀，我想……」

喉嚨被迅速發燙的身子燎燒得乾澀，忍不住嚥了嚥唾沫，表露自己的渴望。

「笨蛋……」

寵溺又無奈地罵了聲，卻不阻止在身上點火的舉動，反而讓袖子滑至手肘，將身子毫無保留地袒露在對方面前，紅著臉，喊著他在孩子出生後，熬了數夜才想出的名字。

「曜兒……唔……」

不後悔從父子成為情人，卻害怕珍惜的感情會成為牽絆對方的孽緣，汙了皇甫曜身為常韶國君主的德行，損了他一世明君的可能。

然而這個人卻用行動證明對情感的堅定，先是昭告天下，發誓永不立后永不納妃；面對臣子對皇嗣的擔憂，更直接用一紙詔書將城武王的第七個孫子立為太子。

向來不問世事只愛美人與字畫的城武王爺，為了不讓寶貝孫兒被立太子，還在紫宸殿外跪了三日，哭鬧了三日。

最後還是他親自出馬，將宮內藏寶格的鑰匙給了胞弟，看著皇甫熠樂呵呵地搬空先祖百餘年來積累的珍品後，才答應把孫兒過繼給皇上，冊封為常韶國的未來儲君。

撫弄乳尖的手探向情人的右肩，勾起一綹垂放肩側的半白青絲，嘆了口氣，道。

「若我們沒有十七年的差距，該有多好？」

自己每增一歲，爹爹便老去一載。

歲月無情，縱使一國之君，亦阻止不了秋月催白髮，青陽逼歲除。

已是知非之年的人噗哧一笑，調皮抽走對方束髮的簪子和髮冠，看著瀑布般流瀉至背後的黑髮，說：「若無那十七年的差距，我與冉竹如何生下你？你總不會認為我們能在三、五歲的時候，就成了你的爹爹和娘親吧？」

「也是。」

鬱悶的情緒因為這句話迅速消散，於是彎起嘴角頷首回應。

「傻瓜，你我該做的，是在老天爺賞給咱們的日子裡歡歡喜喜地度過，方不辜負這段緣分。」

皇甫曜皺著鼻子扮了個鬼臉，道：「爹爹可真心寬。」

「這叫知天命。」

抬起手，在兒子的額頭上輕輕一拍，寵溺微笑。

兒時讀書，只知搖頭晃腦背誦聖人之言，背著三十而立、四十不惑、五十知天命、六十而耳順，七十則從心所欲不逾矩。卻不知不惑何謂？如何知曉天命？何為耳順？又當如何方能從心所欲？

直到走過悠悠歲月方才明白，與其計較來日苦短，不如珍惜今日今時。

老天爺若是寬厚，那便耄耋壽終；若是苛待，縱使六十下壽而盡，也有十年情緣，不枉人間遊歷一遭。

「也是，那麼曜兒就聽爹爹的，把、握、當、下。」

一邊說著隱含雙關的話，一邊便解去情人的褲頭繩結握住腿間軟物，惹得那人呼吸急促氣喘連連。

「我……我在和你說正經事，唔……」

「春宵一度，便是再正經不過的事。」

「你，你……」

皇甫檀被挑逗的口氣鬧得耳朵泛紅，原本扶在腰後的那隻手，也沿著赤裸的背脊向下遊走。

「檀，可以嗎？」

低沉的嗓音透著被情慾灼燒的躁動，卻仍忍著難受，等候另一人的允准。

「可以，不過……只許一回……」咬了咬唇瓣，回應。

「一、回？」

睨了眼癟嘴抗議的堂堂君王，皇甫檀板著臉說：「你得掂量掂量我的年紀，上回由著你瘋，我可有兩三日都下不了床。」

「下不了就下不了，我不也免了那三日朝政在寢殿陪你。」

「就是這樣才不能總由著你，知不知道每回你一罷朝，上官元堯和杜飛就帶著古怪的眼光來請安。」

那眼神擺明就是來確認，皇上究竟是真的身有所疾，還是因為錦帳春宵，樂不思蜀。

「原來還有這事。」

皇甫曜眉目含笑，心底卻已把丞相和某位御史大人狠狠記上一筆，等著來日成倍奉還。

「所以，只許一回。」

「好吧，一回就一回，誰讓我在爹爹面前，總是輸家。」

「曜兒真乖。」

年長的一方把臉貼了過去，吻上對方的脣瓣，哄著他從小寵大的情人。

「不過等會兒可不許裝疼。」

「行行行，絕不喊疼，保證不喊。」皇甫檀把手伸到男人面前，勾了勾右手小指，說：「要不，咱倆拉勾？」

「這可是你說的，咱們──」

男人眉眼一挑，趁著情人沒有防備，將修長的手指鑽進已習慣情慾的後庭，惡劣地在乾澀的甬道內彎起指尖，戳向某個極為敏感的地方。

「拉、勾！」

「你……啊……」

突如其來的刺激，讓人猝不及防，煽情的聲音便從喉嚨發出。

布料摩擦的聲音自歸亭飄出，皇甫曜急促褪去身上衣裳，牽起爹爹垂放身側的左手，按在腿間。

「幫我。」

被撩撥得渾身滾燙的人，羞澀地點了點頭，一手勾在對方的頸後，一手解去繫在褲頭的繩結，褪去遮掩的下衣，握住已有反應的那處。

「唔嗯……檀……」

感受從掌心傳來的溫熱，發出滿足的輕嘆，於是伏下身子，張了口，咬在情人胸前的乳珠。

「啊哈……」

欲拒還迎的呻吟，讓承受的人不由得蹙起眉心，不甘示弱地收攏握住半硬物事的手指，逼得另一人也墜入沉淪。

「嘶——」

皇甫曜倒抽了口氣，只好將探入後庭的手指用力推入，頂向銷魂蝕骨的那處。

「啊哈，疼！」

「說好了，不許裝。」

鬆開原本用舌尖挑逗的乳首，對著總讓他不得不心軟的人，寵溺又無奈地警告。

「可……可是……唔……」

坐在兒子腿上的人本想挪動身子讓自己舒服些，沒料想才提起後臀，不可告人的地方便又滑入兩根手指，急切地在穴口抽插。

「啊啊！」

皇甫檀後腰一軟，剛抬起的臀丘便又落回對方的腿上。

「別……啊啊……別……」

放開原本握在手心的硬物，搖亂披散在背後的長髮，唇邊朱色豔麗絕倫，宛若翩翩謫仙沾染凡塵，染了世道六苦，也染了戲蝶採花的銷魂。

「真美。」

讚嘆的聲音透著痴迷與驕傲，只有他能讓那碧水藍衫的仙人，露出這般表情……

於是抽出在後穴抽送的手指，托高爹爹的後臀，用早已挺立的下身撐開溼潤的穴口，緩緩推送。

「啊……啊哈，曜兒……曜兒……」

「忍著點，因為——」

一國之君把臉湊到情人的耳邊，對著被燙得殷紅的耳廓，吐出挾著熱氣的下半句。

「等會兒，會更疼。」

「……」

赤裸身體跨坐在君王身上的謫仙，咬著滿是牙印的脣瓣，把臉埋進對方的肩窩，羞澀地說。「明日，你罷朝吧……」

皇甫曜先是愣了愣，而後莞爾，用只有彼此能聽見的聲音，回應。

「好。」

紫藤花下，梅花香中。

百媚生春，魂銷骨融。

歸亭內，皇甫曜摟著被折騰得沉沉睡去的情人，心疼撫摸那後臀處被他不小心抓出的指甲痕印，想起對母后允諾的誓言。

『曜兒，答應母親，哪怕母親、太后、楚相，或其他人都不在了，你也要撐起常韶國的重擔，撐起能讓你爹爹胡鬧的太平天下，讓他這輩子都能無憂無慮、無拘無束，愛怎麼胡鬧就怎麼胡鬧。能答應娘親嗎？』

「母親，曜兒的確做到對您的承諾，只是……」

說出口的話停滯片刻，低頭看著累倒在胸前的那人，露出無悔的笑容。

「曜兒也和您一樣，愛上了同一個男人。」愛上那無憂無慮整日胡鬧，卻又比誰都心慈善良；愛上那為了常韶、為了百姓、為了朝臣、為了皇族子孫，其實比誰都殫盡心力，希望維護所有人平安幸福的──一、國、之、君。

◎　◎　◎

曾經，這片土地上，國君怯懦北患犯境，直至一人請纓，親率十萬兵拚死力抗，終而平息三十餘年的數方外患，建立「常韶」。

後經太祖創建、世祖平叛、德宗弘風設教，政成人立，與豐帝的知人善任，於是有了五代明君，百餘年的盛世。韶，乃指鳳凰來儀。

常韶，則有希冀永世太平之意。

◎ ◎ ◎

歸亭外，清風吹拂紫藤搖曳，四周泥土地裡長出的小黃花也飄著馥郁芬香。

無論歷史洪流流向何方，都摧殘不去它的清麗、它的芬芳，和它即便過季枯萎，也會在來年重新發芽，生生不息的生命力。

番外篇　誰遇祖宗誰倒楣

晉州，晉陽縣

晉州山多地少，人丁稀落。

有道是城中十萬戶，此地兩三家，樣樣東西肩上扛，半世光陰路上忙。

位於此處的晉陽縣更是天高皇帝遠，屈屈七品縣令也敢自稱「小天子」，明面上假仁假義廉潔自持，背地裡卻勾結匪徒，就連暗中上書彈劾的官吏，也莫名其妙死在前往皇城的郊道。

就在縣令以為已息事寧人時，衙門前的大道旁突然支起一處棚子，賣起從山裡挖來的鮮筍菇茸和些許野菜。

「兩位……是外地來的吧？」

在棚子旁擺了個字畫攤，專門替人筆述家書的落魄書生，觀察旁邊的爺孫二人數日後，終於忍不住，起身走到戴著斗笠的長者身旁，說。

長者一身粗衣布衫，衣角處還有幾道縫補的痕跡，仰頭看向背著陽光而立的年輕人，瞧了半晌，才開口問道：「小子，叫什麼名兒？」

書生拱手作揖，道出自己的名字：「抱歉，是晚輩失禮，小生姓秦名自愁。」

「自愁？」長者撇撇嘴，不甚贊同地說：「小夥子好端端地，有什麼可愁？」

秦自愁剛想回應些什麼，便聽見遠處傳來東西被砸在地上的聲響，剛抬頭尋去，就瞧見對街處兩名官差正纏著經營香包鋪子的姊妹，沒羞沒臊地調戲。

「小娘兒們，不知道整個晉陽縣的鋪子，都歸咱們縣大爺管嗎？」

穿著綠衫的姊姊把妹妹護在身後，抬著下巴硬氣說道：「這個月的月份錢我們已經繳了，可不欠官家。」

「的確不欠，不過……」一人摸著下巴，猥瑣淫笑：「陸大人說了，今日府上有貴客，淮湘坊的姑娘不夠用，要咱哥兒倆物色幾個姑娘去給黑鷹幫幫主倒酒。妳倆若肯乖乖過去還能多掙些銀子，若是不從，嘿嘿……」

官差口中的黑鷹幫正是和縣令勾結，危害鄉里魚肉百姓的匪徒，此事雖然在晉陽縣內人盡皆知，卻無人敢議論。畢竟官大於民，與官相爭無異以卵擊石惹禍上身。

啪！

就在另一人繞過鋪子，打算握住妹妹的手腕時，綠衫女子情急之下甩了那無恥之徒一記響亮的巴掌。附近擺攤的人們雖然瞧見了，卻只是暗自低下頭，無人挺身相抗，連路人也加快腳步遠離是非。

就在戴著斗笠的長者準備抬起手時，一道身影突然從眼前閃過，方才還站在身邊的秦自愁竟已衝了過去，推開兩名官差將那對姊妹護在身後。

「住手！」

領頭的衙役啐了口唾沫，惡狠狠地瞪著壞他好事的傢伙：「窮書生！又是你！當真以為中了解元，晉陽縣內就沒人敢動你嗎？」

「試試？」

秦自愁解下繫在腰間的銅鈴舉到兩人面前，昂首威脅。

「鳴鈴？」

坐在菜攤後方的長者瞇起眼睛，有些訝異。

常韶文武雙立，對科舉應試得名者十分禮遇，凡鄉試、官試、殿試登科及第之人，分別賜以銅製、銀製，和金製鳴鈴，寓意有才之人遇百姓有急，則搖鈴示警以達天聽。

豐帝繼位後甚至規定，凡持鳴鈴者，除逆反之罪，非得皇帝允准，無論身犯何罪，不可下獄不可用刑，違者去衣受杖，杖刑三十。

「他娘的！我們走！」

兩名官差一見鳴鈴，只能憋著滿肚子火氣，撂了句狠話後忿忿而去。

秦自愁將鳴鈴繫回腰帶，轉身看向那對姊妹：「姑娘們沒事吧？」

綠衫女子摟著瑟瑟發抖的妹妹，雙雙朝秦自愁行了個禮：「多謝恩公。」

四周本不敢吱聲的人們，也愧疚地替兩姊妹撿起方才被砸在地上的香包和竹簍。他們身後有老有小又沒本事和官家對抗，可身為一個人，孰是孰非誰人善惡，心裡可還是清楚的。

秦自愁也幫著扶正被推得歪斜的小攤，然後轉身走回自己的攤子，坐在板凳上，繼續等著來找他筆述家書或購買字畫的客人。

「小子，跟官府的人硬槓，就不怕哪天死在巷子裡？」

長者摘下斗笠，露出一張滿是白鬚歷經滄桑的臉，含笑問著坐在左側的年輕書生。

秦自愁側頭看向老朽，露出有些傻氣的微笑，回答：「怕！是人誰不怕死？」

「那你……」

「反正之前遇了幾次也沒死透，表示閻王爺還不想那麼早見到我，既然如此，那便活著一天多救一人，才不枉費閻王爺留給我的這條命。反正秦某孑然一身，就算橫死也無牽掛。」

「大哥哥真厲害。」

始終站在長者身旁，約莫七、八歲的小孫子，對著書生拱手稱讚。

幾天下來，秦自愁雖沒與這對爺孫說上幾句話，卻覺得他們與尋常人不同，可一時半會兒又想不出究竟哪兒不同，於是回道。

「我不過為善則豫為惡則去，做該做之事，行當行之義，如此而已。」

「說得好！」

長者一拍木桌，震得擺在上面的竹筍香菇全滾到地上，卻又在下一刻縮回手，齜牙咧嘴甩著被拍疼的手掌。

小男孩跺了跺腳，心疼地抓起爺爺的手，小心翼翼地揉著：「您再這樣亂拍桌子，我就回去和爹爹告狀。」「好好好，季兒乖，爺爺晚上煮筍子湯給你喝，你就別告我的狀了，好不好？」

「得了吧！季兒還想活著長大替爹爹分憂，就不敢喝爺爺做的筍子湯了。」自打兩年前被騙著吃了爺爺燒的魚，整整三日上吐下瀉後，就再不敢品嘗爺爺做的任何食物。

「嘖，小崽子就會欺負我。」長者撇撇嘴，抬頭瞧了眼天色，說：「時間不早了，咱回去多挖幾顆筍子，明日還得來這兒賣貨呢！」

「喔。」男孩鬆開爺爺的手，乖巧地把滾了滿地的竹筍香菇撿起來放回擺在攤位上的竹簍，歪著腦袋問：「這些沒賣完的怎麼辦？」

長者看了眼秦自愁，笑笑：「那便送給這位行當行之義的大哥哥。」說罷，便將斗笠戴回頭頂，按著膝蓋起身離開。

「大哥哥，給你。」

小孫子抱起竹簍，把整籮筐的鮮筍菇茸挪到字畫攤上，對著秦自愁甜甜一笑後，轉身追上爺爺的腳步，攙著爺爺的手朝大街的東面走去。

◎　◎　◎

兩日後

「……」

戴著斗笠的長者依舊在辰時來到衙門前的大道旁，等小孫子卸下背在背上的籮筐，把大清早在山裡挖到的野菜擺上木板，然後抬眼瞧了瞧隔壁的攤子，卻見不到總會比他們早一刻來此的秦自愁，於是皺起眉頭對男孩說。

「季兒，把張晃給我叫來。」

「是。」

小孫子應了聲，也不挪步，只是拿起攤子上兩枝竹筍在空中虛晃了會兒。片刻後，一名身著布衣的男子便從斜對面的衣料鋪子走來，屈膝跪在長者身旁，悄聲詢問。

「太上皇有何吩咐？」

「秦小子去哪兒了？」

男子回道：「昨夜有人將秦自愁綁去黑鷹幫的據點，雖被用了私刑，不過請太上皇放心，旁邊有兄弟們盯著，保證不傷性命。」

「很好，可別讓朕相中的人才被那幫蠢貨給折了。」

「遵命，另外，晉陽縣令的罪證已蒐羅齊全，只等太上皇發落。」

「那便——」

長者的話才說了兩個字，就見到一群衙役自縣府衙門裡衝了出來，將兜售山菜的攤子團團包圍。

兩日前才在大街上糾纏民女，被秦自愁阻止的那名官差頭子，對著戴斗笠的老朽氣勢凌人地吼著：「大人有令，將刁民押去衙門審訊。」

「刁、民？」

老者挑眉冷笑，悠悠地解下斗笠，對著已緩緩起身，不著痕跡擋在自己身前的張晃問道。

「張晃，上回教你的粗話可還記得？」

「記得。」

「來！今日就對著這幫狗東西狠狠地罵出來！」

「遵命！」

男子目光凌厲地掃過站在攤子前，本該秉公執法護衛百姓，如今卻成為貪官惡霸魚肉鄉里以盈其慾的幫凶，吐出一個又一個滿是鄙夷的字句。

「汝彼母之，尋、亡、乎？」

官差頭子沒聽懂這等文謅謅的話，當即皺眉反問：「啥意思？」

「汝者你也，彼者他也，母為娘親，尋亡找死……」張晃身形一閃，抬腿、踹人、側身、劈掌、擊胸、奪劍，動作既迅又猛，一邊教訓人，一邊用輕蔑的口氣解釋。

「合在一起的意思就是——你、他、娘、的、找、死、嗎？」

砰！磅！哐！啷！

包圍攤子的衙役連掛在腰間的配刀都還來不及拔出，就被身穿布衣的男子撂倒在地，頃刻間哀號四起。平日裡妄作胡為的潑皮，今日卻醜態盡出，站在四周旁觀的晉陽百姓無不看傻了眼。

只見那名老翁依舊坐在攤子後方，將斗笠當作扇子，擱在胸前搖呀晃地搧著涼風，然後將身子向前傾去，低眉看向仰倒地上的官差頭子，笑了笑。

「吳世聰那蠢貨不是想見爺爺？去把他喊來，爺爺賞臉見他。」

官差頭子當場瞪大雙眼，沒想到這老東西竟敢直呼縣官名諱，當即破口大罵：「你他娘的，竟敢對晉陽縣令無——」

無禮的「禮」字還沒來得及出口，一旁的小孫子便拿起筍子砸在那張嘴上，稚嫩童音滿是不屑。

「都說了讓他來見爺爺，還不滾回去傳話？」

「……」

這下子那群衙役縱然不知眼前幾人是何身分，卻也明白自己得罪了不該得罪的人，於是刷白了臉，連滾帶爬跑回衙門。

沒多久，縣令便領著手下大步奔來，地痞流氓般衝到攤子後方揪住老人的手腕，把瘦弱的人從板凳上拽了起來，怒不可抑地吼著。

「好大的膽子，敢在本官的地盤上撒野，那就別怪我不尊老愛幼，來人！把這仨給老子拿下！」

話音方落，馬蹄與金屬碰撞聲便由遠而近傳來，穿著盔甲的士兵迅速將官府前的大街全部封鎖，接著分作二列朝左右兩側分開，讓道給懸掛鑾鈴的馬車。

馬車緩緩駛近停在攤子前方，一襲紫衣自車內緩緩走下，鞋底剛沾到地面，雙眼便已牢牢定在長者被吳世聰握住的手腕，俊秀的臉龐宛如天地色變，剎那間變得陰險凶狠。

男人半瞇雙眸，抽出身旁護衛腰間配劍，足尖輕點欺身向前，接著反手一劃，劃斷吳世聰的左手腕脈，當場廢了晉陽縣令一條手臂。

「你竟敢碰他！」

男子語氣雖輕，然而透出的狠戾卻讓聽見這句話的所有人，忍不住縮起膀子，連口大氣都不敢喘。

「……」

吳世聰看著被斷去手筋的左臂緩緩垂下，彷彿那條胳膊不曾存在一樣，心下膽寒。

只有那名長者司空見慣，捏著斗笠戳了戳張晃的後腰，把被嚇得丟魂護衛撈回現實：「去把秦小子帶來。」

「遵……遵命……」

張晃這才回過神來，吞了吞口水，領命而去。

吳世聰抖著右手，指著那人結巴地說：「你你你……竟敢私自調兵，還、還刺傷朝廷命官，無視王……王法……」

怎知男子卻連瞧都不瞧上一眼，甩手將長劍向後一拋，拋回給被奪走寶劍的護衛，而後走到長者身旁蹲下身子，溫柔托起被吳世聰掐握的手腕，輕聲問著。

「疼嗎？」

「沒……」

本想說沒事的人，眼珠子一轉改變心意，假裝受傷倒進對方懷中，委屈巴巴地說。

「疼！疼死了！看看你挑的好人才，多大的官威，上官元堯和杜飛是幹啥吃的？考核半天就替百姓挑了這麼個烏龜王八蛋？要不是我親自探查民情，你是不是還要任由這種混帳作威作福魚肉鄉里？」

「宋言！」

男子劍眉一擰，對站在馬車旁的隨從喊道。

「奴才在。」

「即刻百里加急，把上官元堯跟杜飛叫來，讓他們親眼看看自己選出的畜生，另外命他二人在三日之內，呈上接替人選的名單。」

「遵命。」

「等等！」

長者攔住宋言，同時間，方才離去的張晃已將秦自愁帶了過來，指著受了私刑，臉上還留著血痕的年輕書生，說。

「何必捨近求遠？我這有個人，定能照顧好晉陽的百姓。」

「他？」

「沒錯。」長者點點頭，微笑地說：「這小子姓秦名自愁，三年前舉試中科，因家貧無法趕赴京試，只能在大街上當個替人筆述書信的書生，為人仗義又不怕死，就讓他洗手奉職，造福一方百姓，皇上意下如何？」

「皇上？」

吳世聰瞪大雙眼，看著廢了自己一條胳膊的男子，面色慘白。

「……」

腦子一片混沌的秦自愁同樣愣在原地，全然沒了反應。

拎著斗笠的長者，自然是如今的太上皇——豐帝，皇甫檀。

皇甫檀彎起嘴角，推開當今皇上，起身繞過攤子，站在秦自愁面前，對著他說：「晉陽百姓有了你，不再受欺凌之苦；而你成了縣令，亦無需自愁仕途茫茫。如此，『自愁』這個名字便不適合你……」

接著思索片刻，才又開口。

「已是黃昏獨自愁，一任群芳妒爭春……朕便賜名『群芳』予你，希冀你善待百姓，為民謀福。」

「咦？」

「太上皇恩賞，還不謝恩？」

站在一旁的張晃好意提醒，直到此刻秦自愁才反應過來，撲通一聲跪在地上，瞪著銅鈴般的的雙眼，說。

「老人家你、你竟是太上皇？」

皇甫檀倒抽了口氣，轉頭看向仍蹲在板凳旁的男子，癟嘴問道：「我……我很老嗎？」

「——」

凌厲的眼神當場從秦自愁的臉上掃過，就連將他從黑鷹幫據點救出的張晃，也摀著臉用腳踹他屁股，咬著牙根低聲警告。

「閉嘴吧你！」

秦自愁連忙搖頭解釋：「不老不老，我說的……喔不，奴才……不對，下官……好像也不對，總之您一點都不老，好看得很，好看得很。」

千穿萬穿馬屁不穿，三兩句話就把癟嘴的人哄得眉開眼笑，對著皇甫曜得意地說。

「曜兒，他誇我好看呢！」

「——」

殺人的眼神，再次把秦自愁暗殺了一遍。

「白痴……」

深知皇上性子的護衛，這下子連提醒都不想提醒了，直接用手捂臉，等著看對方遭殃。

果不其然，皇甫曜站了起來，對著四周的百姓下令：「今日起，秦群芳便是這晉陽縣的縣令，張晃——」

「屬下在！」

「派人貼身保護秦縣令，每日扣除沐浴用膳只准休息三個時辰，其餘時間都得勤懇辦差，三個月後將整飭吏治的內容呈來給朕。責辦有功朕必重賞，若是無能……」

停頓片刻，低頭睨了眼跪在地上的新任縣令，冷冷一笑，接著說道。

「便送去東海開荒，反正腦子沒什麼用，這對手腳還勉強可使，秦群芳，朕的話，你可聽明白了？」

秦群芳臉色慘白，磕頭謝恩：「明白明白……下下下、下官遵命……」

皇甫檀彎起嘴角，笑看情人欺負自己相中的人才，然後對站在皇帝身後的寺人總管眨眨眼睛，暗示他陪自己唱齣雙簧。宋言立即會意，憋著笑，故意追問：「太上皇，您一向賞罰分明，既然賞了秦大人官職，接下來也該處置吳世聰跟這幫混帳，您打算罰他們去勢？車裂？碎屍？還是……」

宋言每說一道酷刑，站在大街上的衙役便暈倒幾人。

直至昨日都還橫行霸道勾結惡匪，自稱「小天子」的人，掛著被皇上親自廢去的手臂，面無血色不停篩糠，怕是連旁人說了什麼都聽不進耳裡。

只見太上皇搖了搖頭，走到吳世聰的面前，把斗笠放到他的腦袋瓜上，說：「這幫混帳不是喜歡強搶民女嗎？那便讓他們全都塗脂抹粉身著羅裙，送去晉陽縣最大的青樓，當一當倚欄賣笑的娼妓，品一品他們曾經施加在姑娘家身上的屈辱。」

「遵命，來啊，把他們帶走！」

宋言頷首領命，招來士兵把那群昏倒的、沒昏倒的衙役通通押走，遵照太上皇的旨令送入青樓。

「滿意了？」

皇甫曜看著有一段時間未見的情人，寵溺微笑。

「非常滿意，走吧。」

皇甫檀剛側過身，就被人一把抄起抱在胸前，在百姓高呼萬歲的稱頌下，走回懸掛鑾鈴的馬車。

「父皇您等等季兒，您等等季兒。」

稚嫩的聲音從兩人身後飄來，某個經常被遺忘的小皇孫，又一次自立自強地奔起小短腿，追上爺爺和爹爹的腳步。

◎ ◎ ◎

鑾駕上，把兒子轟出去騎馬的一國之君，用沾了水的帕子擦去情人臉上故意扮老的妝容，直到露出那張瞧不出年齡的容顏。

皇甫檀噙著笑，用指尖戳了戳兒子的臉頰：「怎麼，我不過被旁人誇了句好看，就吃醋啦？難道我不好看嗎？」

「好看。」

回答的人臉色雖差，哄人的語氣卻依舊溫柔。

「那你氣啥？」

「你的好看，只要我一個人知道就好。」

「……」

猝不及防的情話，瞬間漲紅那張好看的臉龐，年過五旬的人彎起嘴角，勾下另一個人的後頸，羞澀點頭。

「嗯，你知道就好。」

鈴聲輕揚的馬車內，相愛的人吻上彼此的脣瓣，久久……久久……不捨分開……

【完】

後記

古風文，是我既愛又怕的題材。

愛它的韻味，怕它的查找資料跟自己的功底不足。

二〇二〇年初在和編輯討論要寫古風本時，聊到能不能寫父子的題材，後來認真地問了一圈，最終拍板放行。於是這本既無厘頭又有私心夾帶武俠風格的故事，《父皇，萬睡萬萬睡》就這樣敲進出書的排程。

取材自網路的一個梗「貧窮限制了我的想像」，努力賺銀子的我們無法理解生來坐擁金山銀礦的日子，那麼一出生就是唯一的王位繼承人，並且出生在超級太平，幾乎沒「皇帝本皇」什麼事的朝代，無聊又沒啥地方可提供貢獻的皇帝，肯定會不作死不會死地，非擾亂一池春水不可，否則他的人生也太平順、太無聊了。

就醬，我們的皇帝本皇——皇甫檀本尊——就這樣誕生，圍繞他而生的一連串故事也跟著拉開的序幕陸續登臺。

感謝黑色豆腐老師，讓文字版的爹爹跟兒子於紙面，都說跟大娘合作最幸福的事情就是不怕自己晚交稿，因為永遠有個拉墊背的。（哭著面壁）

嗚嗚可惡，總有一天我要讓所有繪者刮目相看！（握拳）

最後，除了爹爹和曜兒的故事外，你們還好奇誰的故事呢？

歡迎在粉絲團留言，醬子我就可以端著被大家敲破的碗，去踹編輯部的大門，欺負編輯讓我再寫古風本本。（大笑）

（大娘：你看你看，大家想看續集呢！）

（編輯：嗚嗚作者威脅我……QロQ）

——這本寫了整整一**年多**，很有自覺跑去面壁懺悔的羽大娘

藍月小說系列

父皇，萬睡萬萬睡

作者／羽宸寰
榮譽發行人／黃鎮隆

出　　版／城邦文化事業股份有限公司 尖端出版
台北市中山區民生東路2段141號10樓
電話：(02) 2500-7600
傳真：(02) 2500-2683
E-mail：7novels@mail2.spp.com.tw
發　　行／英屬蓋曼群島商家庭傳媒股份有限公司城邦分公司　尖端出版
台北市中山區民生東路2段141號10樓
電話：(02) 2500-7600（代表號）
傳真：(02) 2500-1979
中彰投以北經銷／楨彥有限公司（含宜花東）
電話：(02) 8919-3369
傳真：(02) 8914-5524
雲嘉經銷／智豐圖書有限公司　嘉義公司
電話：(05) 233-3852
傳真：(05) 233-3863
客服專線：0800-028-028
南部經銷／智豐圖書有限公司　高雄公司
電話：(07) 373-0079
傳真：(07) 373-0087
一代匯集／香港九龍旺角塘尾道64號龍駒企業大廈10樓B&D室
電話：(852) 2783-8102
傳真：(852) 2582-1529
E-mail：hkcite@biznetvigator.com
新馬經銷／城邦(馬新)出版集團Cite（M）Sdn. Bhd.
E-mail：cite@cite.com.my
法律顧問／王子文律師　元禾法律事務所
台北市羅斯福路3段317號15樓

2021 年 11 月 1 版 1 刷

郵購注意事項：
1.填妥劃撥單資料：帳號：50003021戶名：英屬蓋曼群島商家庭傳媒(股)公司城邦分公司。2.通信欄內註明訂購書名與冊數。3.劃撥金額低於500元，請加附掛號郵資50元。如劃撥日起 10～14日，仍未收到書時，請洽劃撥組。劃撥專線TEL：(03)312-4212 ・ FAX：(03)322-4621。E-mail：marketing@spp.com.tw

國家圖書館出版品預行編目資料

父皇，萬睡萬萬睡 / 羽宸寰作. -- 1版. -- 臺北市：
城邦文化事業股份有限公司尖端出版：英屬蓋曼
群島商家庭傳媒股份有限公司城邦分公司發行,
2021.11
面； 公分
ISBN 978-626-316-030-9（平裝）

863.57 110012252